नर्मदा की सुबह

नर्मदा की सुबह

संपादक

गजानन माधव मुक्तिबोध

प्रलेक प्रकाशन

प्रलेक प्रकाशन

PRALEK PRAKASHAN

(An imprint of Pralek Publishing House Pvt. Ltd.)

मुख्य कार्यालय : 702, जे-50, ग्लोबल सिटी, विरार (वेस्ट), मुम्बई, महाराष्ट्र-401303

दिल्ली एनसीआर ऑफिस पता : 03/सी, ज्ञान खण्ड-4 इंदिरापुरम, गाजियाबाद, उ.प्र.-201014

E-mail: pralek.prakashan@gmail.com

Website: www.pralekprakashan.com

दूरभाष : +91 7021263557

नर्मदा की सुबह

संपादक : गजानन माधव मुक्तिबोध

Narmada ki Subha

Editor : Gajanan Madhav Muktibodh

ISBN : 978-93-5869-360-7

प्रथम सजिल्द संस्करण : 2026

टाईपसेटिंग : जी. आर. एस. ग्राफिक्स

आवरण : प्रलेक स्टूडियो

नोट : प्रलेक प्रकाशन का लोगो मिक्की पटेल की तूलिका से।

विषय-सूची

दो शब्द

पिताजी के टेबिल पर उनकी रचनाओं के पन्ने अक्सर बिखरे रहते थे। इनमें कविता, लेख आदि के कागजों का अम्बार लगा रहता। पन्नों पर सिलसिलेवार अंक बहुधा ही होते। कई एक पन्ने तो जमीन पर बिखरा देते, शायद निरस्त किये हों। उन्हें छूने का अथवा समेटकर रखने पर बेहद नाराज हो जाते। माँ उनका कमरा व्यवस्थित करने के चक्कर में कभी कभार उन्हें समेटने का उपक्रम करती, तो हलकी-सी डांट पड़ती। हम बच्चों का तो उन्हें छूने का कोई सवाल नहीं था। इतनी धृष्टता हम कैसे करते। हमारी समझ से बाहर की बात थी। रचना सुलेखन (फेयर) करते समय पन्ने अंकित होते। जो रचना सुलेखन नहीं हो पाती अथवा अधूरी छोड़ दी जाती उसका एक पुलिंदा बन जाता। होता यह कि एक के बाद एक पुलिंदे बनते जाते। अलग-अलग साहित्य विधा के ऐसे अनेक पुलिंदे एक के ऊपर एक रखने के कारण गड्डमड्ड हो जाते। ऐसी स्थिति थी।

भोपाल के हमीदिया अस्पताल में भर्ती थे, तब मित्रों के सहयोग से पुस्तकों के प्रकाशन की कार्य योजना बनी। पिताजी ने पत्र द्वारा (मराठी में लिखा पत्र) मुझे सूचित किया कि फलां-फलां गठ्ठर (मराठी में उन्होंने शबाडश शब्द का प्रयोग किया है), शरद कोठारी भोपाल आ रहें हैं, उनके हाथ भिजवा देना। पहली दफा पिताजी की रचनाओं को छूने-देखने का सौभाग्य और वरदान मिला। एक अत्यंत सुखद अधिकार प्राप्त हुआ, अभिभूत हो उठा।

भोपाल अस्पताल में भर्ती थे। उसी समय मैं भिलाई इस्पात कारखाना ज्वाइन कर चुका था। उनकी मृत्यु के पश्चात पूरा परिवार भिलाई आ गया। भिलाई आने पर रचनाओं को व्यवस्थित करने का उपक्रम शुरू हुआ। पुलिदों को समझ के अनुसार रचनाओं को विधानुसार कविता, लेख, आलोचना, कहानी इत्यादि को अलग-अलग किया। प्रत्येक रचना की एक फाईल बनाई; उसके जितने प्रारूप मिलते गये उन्हें उसी एक फाईल में रखा गया। इस प्रकार

प्रत्येक रचना की फाईल बनती गई। हर साहित्य विधा के लिए यह योजना अपनायी गई। यह कार्य निरन्तर चलता रहा।

इन्हीं पुलिदों के बीच 'नर्मदा की सुबह' के कवियों द्वारा भेजी गई रचनाएँ मिलीं जो सन 1956–57 दरम्यान नयी शुक्रवारी घर के पते पर तो कुछ भारती भवन गणेशपेठ नागपुर के पते पर आई थीं। समय का घोर आक्रमण इन पर होना स्वाभाविक था। कुछ खंडित हो गयी, कुछ-एक के कागज गल गये। फिर भी काफी कुछ रचनाएँ सुरक्षित रह पायीं। प्रत्येक कवि की अलग फाईल बनाई। कविताओं को कम्पोजकर हार्ड कॉपी तैयार की। रायपुर के आलोचक दिवंगत राजेंद्र मिश्र जी ने विशेष रुचि लेते हुए सभी कवियों की कविताओं को पढ़ा और चयनकर उनका क्रम बनाया। उनके सहयोग और मार्गदर्शन से प्रेस कॉपी बनी। प्रकाशन के लिए प्रकाशक की खोज शुरू की किन्तु उत्साहजनक अपेक्षित उत्तर नहीं आया। समय बितता रहा। इस बीच जयप्रकाश जी से संपर्क साधा। उन्होंने जीवनी का कार्य पूर्ण करने के पश्चात शनर्मदा की सुबहश पर नये सिरे से कार्य करने का आश्वासन दिया। अपनी अनेक प्रकार की व्यस्तता के बावजूद उनके कुशल सतत प्रयास और निष्ठा से पुस्तक संभव हो पाई। वे मेरे अपने है, उन्हें किन शब्दों में धन्यवाद दूँ। प्रलेक प्रकाशन के श्री जितेन्द्र पात्रो ने सहर्ष तत्पर होकर पुस्तक शीघ्र प्रकाशित करने का दायित्व लिया। उनको साधुवाद!

रायपुर, **रमेश मुक्तिबोध**

दिनांक : 20.5.2025

मुक्तिबोध के संदूक में बंद कविताएँ

'नर्मदा के गीत प्राचीन कवियों ने गाये हैं। और आधुनिक कवि भी यदा-कदाचित् नर्मदा का स्मरण कर लिया करते हैं। इस पुनीत सरिता का निर्द्वन्द्व दुर्निवार वेग स्फटिक शिलाओं की घाटियों से बहे या न बहे, (स्फटिक शिलाएँ तो घुल ही रही हैं) हमारे नये कवियों के हृदय और कण्ठ में से उसकी ओजमयी वाणी फूट रही है।'

(गजानन माधव मुक्तिबोध : 'नया खून', 26 दिसंबर, 1952)

मुक्तिबोध ने 1952 में 'जनवादी सांस्कृतिक गोष्ठियों की एक रूपरेखा' शीर्षक टिप्पणी लिखी जो नर्मदा के महिमा-गान के साथ शुरू होती है। इसमें उन्होंने मध्यप्रदेश के तरुण साहित्यकारों के बीच बौद्धिक जागरूकता और साहित्यिक चेतना के प्रसार की स्थिति को ले कर चिंता व्यक्त की थी, और इसके लिये संगठित रूप से प्रयास किये जाने की आवश्यकता बतायी थी। इस टिप्पणी में नर्मदा का उल्लेख सायास और अर्थपूर्ण है। कहा जा सकता है कि इसमें नर्मदा को मध्यप्रदेश की समग्र पहचान से संदर्भित किया गया है।

मुक्तिबोध क्षिप्रापुत्र थे। लेकिन नर्मदा की महिमा गाने से उन्हें गुरेज़ नहीं था। नदियाँ किसी भूभाग की भौगोलिक पहचान को व्यापक सांस्कृतिक पहचान में बदल सकती हैं। गंगा इसीलिये भारत की आत्मा को, उसके सांस्कृतिक सारतत्त्व को रूपायित करती है। नदियों का अविरल प्रवाह एक सांस्कृतिक नैरंतर्य रचता है जिसमें भूगोल और राजनीति की सीमाएँ बिला जाती हैं। भला इसमें क्या संदेह कि नर्मदा, मध्यप्रदेश की सांस्कृतिक पहचान है! भारत के मध्य भाग की समूची संस्कृति के सारतत्त्व को वह नर्मदांचल या नर्मदा-घाटी की सीमाओं से परे जा कर एक विस्तृत मध्यप्रदेशीय परिधि के भीतर समेटती है। 1952 में मध्यप्रदेश में सीपी एंड बरार, महाकोसल और मध्यभारत सम्मिलित थे। बरार को छोड़ कर शेष समूचे भू-सांस्कृतिक क्षेत्र

को नर्मदा से बेहतर किसी अन्य प्रतीक से व्यक्त नहीं किया जा सकता। इस तथ्य की पहचान मुक्तिबोध को थी।

मुक्तिबोध उज्जैन निवासी थे। उज्जैन स्वाधीनता-प्राप्ति के पूर्व सिंधिया रियासत का हिस्सा था। 1952 में वह मध्यभारत का भौगोलिक खण्ड था जो राज्यों के पुनर्गठन के फलस्वरूप 1956 में मध्यप्रदेश में सम्मिलित हुआ। 1952 के नागपुर में रहते हुए मुक्तिबोध के ज़ेहन में मध्यप्रदेश से जुड़ाव तो स्वाभाविक था। वह मध्यप्रदेश सरकार की सेवा में भी थे, लेकिन उनका मूल स्थान उज्जैन 1952 के पूर्व मध्यप्रदेश के राजनीतिक मानचित्र में सम्मिलित नहीं था, यद्यपि वह निस्संदेह उसके व्यापक सांस्कृतिक परास का हिस्सा था। मुक्तिबोध इसी सचाई पर इसरार कर रहे थे। उन्होंने छत्तीसगढ़ के कोने से निकल कर महाकोसल और निमाड़ अंचल से गुज़रने वाली नर्मदा को मध्यप्रदेश के सांस्कृतिक प्रतिनिधान के लिये जीवंत चिह्न के तौर पर देखा। उज्जैनवासी होने के नाते क्षिप्रा उनकी चेतना में समाहित थी। मध्यप्रदेश की प्रांतीय प्रशासनिक पहचान तब सी.पी. एन्ड बरार (महाकोसल, विदर्भ और छत्तीसगढ़) के रूप में थी। उसके राजनीतिक भूक्षेत्र को लाँघ कर मुक्तिबोध की मालवी चेतना ने नर्मदा के प्रवाह को मध्यप्रदेश के पुरातन अतीत से निःसृत होते अनुभव किया–वह अतीत जिसका सर्वाधिक समावेशी प्रतीक नर्मदा की सांस्कृतिक धारा है। शायद यही वजह है कि 1955-56 में मध्यप्रदेश के युवा कवियों का संकलन तैयार करते समय उन्हें नर्मदा का स्मरण हुआ, और उन्होंने संकलन का नामकरण किया–'नर्मदा की सुबह'। मध्यदेश के प्राचीन कवियों के कंठ से ही नहीं, मध्यप्रदेश के आधुनिक कवियों के हृदय से भी उन्हें नर्मदा का प्रवाह फूटता अनुभव हो रहा था।

प्रश्न यह है कि मुक्तिबोध को मध्यप्रदेश के कवियों का सहयोगी संकलन तैयार करने की क्यों सूझी? क्या वह अपने आसपास के इन मध्यप्रदेशीय कवियों को पृथक से श्रेणीबद्ध कर उनके रचनात्मक वैशिष्ट्य को रेखांकित करना चाहते थे? या उन्हें वैचारिक धरातल पर हिंदी कविता की वर्चस्वशाली धारा से भिन्न अथवा उपेक्षित मान रहे थे? या फिर, इन कवियों में से अधिकतर को प्रकाशन के समुचित अवसर सुलभ न हो पाने का मलाल उनके भीतर था, और इस कारण व्यापक हिंदी जगत का ध्यान आकृष्ट करने के लिए उन्होंने यह उपक्रम किया था?

इसकी पड़ताल करने के लिए ध्यान में रखना होगा कि नागपुर में मुक्तिबोध के मित्रों का एक समृद्ध संसार था जिसके केंद्र में वह स्वयं थे। इस मित्र-संसार ने मुक्तिबोध के भीतर जबलपुर में घर कर गयी भय-ग्रंथि को दूर कर उन्हें सम्भाला और सहज-निर्भय जीवन जीने की राह दिखाई।

मुक्तिबोध मंडल

नागपुर के इस मित्र-समूह में जीवनलाल वर्मा 'विद्रोही', शैलेन्द्र कुमार, रामकृष्ण श्रीवास्तव, स्वामी कृष्णानंद 'सोख्ता', भाऊ समर्थ आदि शामिल थे। बाद में उसमें अनिल कुमार, प्रमोद वर्मा, श्रीकांत वर्मा, मदनमोहन मदारिया आदि जुड़े। बीच-बीच में हरिशंकर परसाई, नरेश मेहता और शिवकुमार श्रीवास्तव भी उसमें सम्मिलित होते रहे। इनमें कुछ पत्रकारों और गद्य-लेखकों के अलावा अधिकतर कवि थे। इस समूह के कवियों के पारस्परिक मैत्री-सम्बन्ध, उनकी प्रखर वैचारिकता और सृजनात्मक वैशिष्ट्य को रेखांकित करते हुए उन्हें 'मुक्तिबोध मंडल' के कवि के रूप में चिह्नित किया गया है। मुक्तिबोध मंडल की परिकल्पना कांतिकुमार जैन ने भारतेन्दु मंडल या निराला मंडल जैसे साहित्यिक समूहों की तर्ज़ पर की थी। ये समूह भारतेन्दु हरिश्चंद्र या निराला के केंद्रीय व्यक्तित्व के इर्द-गिर्द एकत्र मित्र लेखकों के समवाय थे। उनके समूहबद्ध होने का आधार पारस्परिक मैत्री, सद्भाव, सहकारिता और वैचारिक साम्य था। 1948 में नागपुर आने के बाद मुक्तिबोध के आसपास युवा बौद्धिकों-रचनाकारों की एक छोटी-सी मंडली बनने लगी। जबलपुर में ख़ुफ़िया पुलिस की निगरानी से त्रस्त और डरे-सहमे मुक्तिबोध की मित्रता नागपुर आने के बाद सबसे पहले मध्यप्रदेश के सूचना-प्रकाशन विभाग में अपने सहकर्मी जीवनलाल वर्मा 'विद्रोही' से हुई जिन्होंने अपने खुले-निर्भय व्यवहार और ज़िंदादिली से उनके भीतर का भय दूर किया। फिर शैलेन्द्र कुमार, रामकृष्ण श्रीवास्तव और स्वामी कृष्णानंद 'सोख्ता' आदि पत्रकार और अन्यान्य युवतर साहित्यकार उनसे जुड़े। वे आपस में मिलते-जुलते और साहित्य तथा साहित्येतर विषयों पर बौद्धिक चर्चा करते। उनके साथ मुक्तिबोध ने 'किरण' नामक एक अनौपचारिक साहित्यिक संस्था भी बनायी थी जिसकी कुछ गोष्ठियाँ आयोजित हुई थीं; हालाँकि वह संगठित साहित्यिक प्रयत्न नहीं था। लेकिन सभी मित्र मुक्तिबोध के साथ जुम्मा तालाब के नियमित सांध्य-विचरण और बौद्धिक चर्चाओं के सहभागी थे। कहने की

आवश्यकता नहीं कि मेलजोल और संवाद के इस समूचे कार्यकलाप के केंद्र में मुक्तिबोध थे। वह मित्रों के साथ प्रतिदिन जुम्मा तालाब की सीढ़ियों पर शाम-रात में घंटों बिताया करते थे।

सोख्ताजी इस मण्डली के सबसे वरिष्ठ सदस्य थे। फिर वयक्रम में विद्रोही और मुक्तिबोध थे। शेष सदस्य उनसे कम आयु के थे। सभी युवा थे। कहने की ज़रूरत नहीं कि 'मुक्तिबोध मंडल' की परिकल्पना पुराने मध्यप्रदेश के युवा लेखकों के समूह के रूप में की गयी थी। इस समूह से युवा हरि ठाकुर, सतीश चौबे, शरद कोठारी और लज्जाशंकर हरदेनिया बाद में जब जुड़े तो वे सभी 20 वर्ष के भी नहीं थे। इस समूह में चित्रकार भाऊ समर्थ भी थे। ये सभी मुक्तिबोध की बौद्धिकता से प्रभावित थे और उन्हें सम्मानवश 'महागुरु' कहा करते थे।

अपने पूर्व अनुभवों के कारण मुक्तिबोध अपरिचितों को हमेशा संदेह और आशंका से देखते थे। इसलिए किसी के लिए भी उनसे मैत्री स्थापित होना आसान नहीं था। लेकिन वैचारिक साम्य उन्हें मैत्री के लिए आकृष्ट करता था। वैचारिक साम्य होने पर वह अपरिचितों से मिलने में भी संकोच नहीं करते थे। विद्रोही से शैलेन्द्र कुमार के बारे में जान कर कि उनका रुझान वामपंथी है, वह उनसे मिलने 'नवभारत' के दफ्तर और फिर उनके घर भी चले गये। यूँ कहें कि वैचारिक तालमेल उनसे मैत्री की अनिवार्य शर्त थी।

नागपुर पुराने मध्यप्रदेश की राजधानी थी जहाँ किसी-न-किसी कारण से-आजीविका या विद्यार्जन के लिये-मध्यप्रदेश के अलग-अलग क्षेत्रों से ये सभी युवा बौद्धिक एकत्र हुए थे। विद्रोही, रामकृष्ण और शैलेन्द्र कुमार महाकोसल से थे जबकि प्रमोद वर्मा, श्रीकांत वर्मा, हरि ठाकुर और सतीश चौबे छत्तीसगढ़ से। अनिल कुमार नागपुर के पास भंडारा के रहने वाले थे। हरिशंकर परसाई जबलपुर और शिवकुमार श्रीवास्तव सागर से आकर नागपुर में मिलते थे और मुक्तिबोध से प्रभावित हुए थे। कांतिकुमार जैन उन्हें भी मुक्तिबोध मंडल में शामिल मानते हैं। ये सभी मुक्तिबोध का आदर करते थे और उनसे प्रेरित होते थे। मुक्तिबोध के बौद्धिक प्रभामंडल में इन लेखकों का व्यक्तित्व निर्मित हो रहा था। इनमें प्रमोद वर्मा उनसे लगभग बारह वर्ष छोटे थे लेकिन उनसे बौद्धिक धरातल पर टकराने का साहस सिर्फ वही कर सकते थे।

मुक्तिबोध ने मध्यप्रदेश के इन युवा साहित्यकारों को प्रोत्साहित करने में कमी नहीं की। वह स्वयं अपनी रचनाएँ पत्रिकाओं में भेजने से कतराते थे,

लेकिन नागपुर के कवि मित्रों को निरंतर कविताएँ भेजने के लिए प्रेरित करते थे। युवतर लेखकों के लिए उनमें एक तरह का संरक्षण भाव था। हरिशंकर परसाई के लेखन के शुरूआती दौर में 1956 में 'नया खून' में उन पर टिप्पणी लिखी थी–'मध्यप्रदेश के जाज्वल्यमान कथाकार हरिशंकर परसाई'। यह परसाई की विदग्ध प्रतिभा की ओर ध्यान आकृष्ट करने की शुरुआती पहल थी। कमसिन लेकिन अत्यंत तेजस्वी कवि सतीश चौबे की कविताएँ उन्होंने 'निकष' में भेजी थीं। राजनांदगाँव में विनोदकुमार शुक्ल की कविताएँ सुनने, उन्हें उत्साहित करने और उनकी कविताएँ 'कृति' के लिए श्रीकांत वर्मा को भेजने का प्रसंग कनिष्ठ रचनाकारों के प्रति उनके स्नेह भाव का साक्ष्य है। इन कविताओं के 'कृति' में छपने के बाद मुक्तिबोध की उच्छल प्रतिक्रिया किसी भी नये कवि के लिए उत्साहवर्द्धक ही नहीं, अवाक कर देने वाली, सर्वथा अप्रत्याशित भी हो सकती है। उन्होंने खुश हो कर पत्नी शांताबाई को विनोदकुमार शुक्ल के आने पर आवाज़ लगाई थी–'कुछ मीठा बनाओ, विनोद का संग्रह आया है।'

मित्रों को उत्साहित करना मुक्तिबोध के स्वभाव में था। 1942 में उज्जैन में उन्होंने प्रगतिशील लेखक संघ की स्थापना की थी। उसकी गोष्ठियों में महेश शरण जौहरी 'ललित', ब्रजबिहारी निगम, श्याम परमार, हरिनारायण व्यास, प्रहलाद पांडेय, नरेंद्र धीर आदि युवतर लेखक शामिल होते थे। ये सभी कनिष्ठ थे। मुक्तिबोध उनके प्रति संरक्षण और प्रोत्साहन का भाव रखते, उन्हें प्रेरित करते। नागपुर में भी मित्रों की कविताएँ ध्यान से सुनते। उन्हें पढ़-सुन कर स्वयं भी उत्साहित होते। विद्रोही, रामकृष्ण श्रीवास्तव, शैलेन्द्र कुमार आदि उन्हें नागपुर के आसपास की जगहों, अमरावती-अकोला आदि, में होने वाले कवि-सम्मेलनों और गोष्ठियों में खींच ले जाते। मुक्तिबोध को संकोच होता कि उनकी कविताओं को श्रोता भला किस तरह से लेंगे; डरते थे कि हूट न हो जायें। लेकिन इस डर का तोड़ निकालते हुए मित्रगण उन्हें कवि-सम्मेलन की अध्यक्षता करवाते। अकोला के कवि-सम्मेलन में रामकृष्ण श्रीवास्तव खूब जमे। उन्हें सुन कर मुक्तिबोध चमत्कृत थे। रामकृष्ण की एक काव्य-पंक्ति के चमत्कारी प्रभाव पर वह चिहुँक उठे थे–'वाह पार्टनर, आप भी ख़ूब हैं।'

मुक्तिबोध अपने मित्रों की कविताओं के प्रशंसक थे। उन्हें वह तब की हिंदी कविता की वर्चस्वशाली धारा से कुछ अलग ही पाते थे। इन कवियों के वैशिष्ट्य को उन्होंने 'मध्यप्रदेश की कहन शैली' के रूप में पहचाना।

मध्यप्रदेश की कहन शैली

रामकृष्ण श्रीवास्तव के कविता-संग्रह की भूमिका के रूप में मुक्तिबोध ने 1953-54 में 'मध्यप्रदेश की कहन शैली' शीर्षक से टिप्पणी लिखी थी। उन्हें लगता था कि "मध्यप्रदेश की साहित्यिक प्रवृत्तियों की कुछ अपनी विशेषताएँ रही हैं जो अन्य क्षेत्रों में नहीं पाई जातीं। प्रचलित साहित्यिक शैलियों के तुलनात्मक अध्ययन से प्रकट होता है कि यहाँ की शैली में 'कहन' अधिक और अलंकरण कम है।"[1]

मध्यप्रदेश की साहित्यिक प्रवृत्तियों की अपनी विशेषताओं का उल्लेख करते हुए मुक्तिबोध ने लिखा कि मध्यप्रदेश में 'छायावादियों की उपमालंकृत शैली का यहाँ प्रचार न हो, ऐसी कोई बात नहीं। फिर भी कहन की तारीफ़ यहाँ की विशेषता है। कवि-स्वभाव-भेदानुसार कहन-कहन में भी फ़र्क है।'[2]

उन्होंने रामानुजलाल श्रीवास्तव, सुभद्राकुमारी चौहान और माखनलाल चतुर्वेदी की शैलियों की स्वतंत्र पहचान पर बल देते हुए लिखा कि 'अपनी व्यक्तिगत शैली की महत्ता को कम करके नहीं आँका जा सकता। जो कवि अपने भाव-विचारों के लिए अपनी स्वयं की शैली पा लेता है, वह सिद्ध कवि है। ऐसे ही कवियों में श्री भवानीप्रसाद मिश्र भी हैं।' इन कवियों में परस्पर भिन्नता के बावजूद मुक्तिबोध की मान्यता थी कि उनमें कुछ आधारभूत समानताएँ हैं जो अन्य क्षेत्रों के कवियों में नहीं पायी जातीं। उनके सर्वनिष्ठ लक्षणों और साथ ही उनके निजी वैशिष्ट्य को पहचान कर उन्होंने लिखा-

> "मध्यप्रदेश की एक विशेष काव्य-शैली रही है जिसमें 'कहन' की प्रधानता है। ऐसी शैली उत्तरप्रदेश, मध्य-भारत तथा बिहार में नहीं पायी जाती। कहन-प्रधान इस काव्य-शैली के अन्तर्गत विभिन्न कवियों की अपनी-अपनी व्यक्तिगत शैलियाँ हैं, जिनके कारण वे अनूठे हो उठे हैं।"[3]

मध्यप्रदेश की कहन शैली के वैशिष्ट्य का उल्लेख करते हुए उन्होंने लिखा-

'शैली के मामले में हिंदी में हमेशा उत्तरप्रदेश का अनुकरण किया गया, आगे चलकर भले ही उस अनुकरण के ज़रिये उसी शाखा की कोई और

---

[1] 'मुक्तिबोध रचनावली-5' : सं. नेमिचंद्र जैन, पृष्ठ 423

[2] 'मुक्तिबोध रचनावली-5' : सं. नेमिचंद्र जैन, पृष्ठ 423

[3] 'मुक्तिबोध रचनावली-5' : सं. नेमिचंद्र जैन, पृष्ठ 423

शैली निकली हो, (जैसे बिहार में) किंतु उत्तरप्रदेश की शैली से सर्वथा पृथक् और मौलिक मध्यप्रदेश की शैली रही है। मध्यप्रदेश के जिस कवि में इसका अभाव है, वहाँ उसके व्यक्तित्व पर बाहरी प्रभाव भी आच्छन्न रहता है जिसे तुरंत ही चीन्हा जा सकता है।'[4]

मुक्तिबोध ने 'संहित अनुभूति' को यहाँ की शैली की विशेषता बताया है जिसमें संहितत्व की, अर्थात भाव प्रकट करने में सम्पूर्ण व्यक्तित्व की, गरिमा झलकती है। कहन शैली की सीमाओं से वह अनभिज्ञ न थे। उन्होंने लिखा–

> 'मैं जब उत्तरप्रदेश से मध्यप्रदेश आया, तब इस प्रदेश की इन विशेषताओं से मैं परिचित हो चुका था। साथ ही यह भी सही है कि मैं यह सोचता था कि इस कहन-भरी शैली की अपनी विशेषताएँ होते हुए भी उसकी अपनी सीमा हैं, जो उत्तरप्रदेश में नहीं हैं।'[5]

उनकी दृष्टि में इस शैली की कमज़ोरी यह है कि उसमें अनुभूति, अनुभव या भाव के मनोवैज्ञानिक विश्लेषण की प्रवृत्ति का अभाव है–यद्यपि रामकृष्ण श्रीवास्तव की कविता 'चट्टान की आँखें' में काव्यानुभूति के मनोवैज्ञानिक विश्लेषण की झलक देख कर उनकी यह धारणा खंडित भी हुई। रामकृष्ण की इस कविता में विद्यमान मध्यप्रदेश की कहन शैली की मूल विशेषता उन्हें आश्वस्त करती थी। उन्होंने लिखा–'इस कविता की मुख्य विशेषता ही यह थी कि उसकी मूल अनुभूति विश्लेषणात्मक थी और उसके समस्त उपमा-प्रतीक-चित्र उसी केंद्र से प्रस्फुरित हुए थे।'[6]

रामकृष्ण श्रीवास्तव की कविता में उन्हें एक और विशेषता नज़र आयी। उसमें उन्होंने दो विरोधी काव्य-प्रवृत्तियों, प्रगतिवाद और प्रयोगवाद, की परस्पर पूरकता को लक्ष्य किया। रामकृष्ण की अन्य कविताओं में भी मुक्तिबोध ने यही गुण देखा। उन्हें प्रसन्नता हुई कि आरम्भिक उद्‌बोधनात्मक स्वर के बाद रामकृष्ण की कविताओं में 'प्रगतिशील दृष्टि के साथ संहित-भाव-स्थापनामूलक कहन और विश्लेषणात्मक मनोवैज्ञानिक सूक्ष्म दृष्टि (या अनुभूति कह लीजिए) का आत्मपरक स्वर परस्पर मिलजुलकर प्रकट होने लगे' थे।

---

[4] 'मुक्तिबोध रचनावली-5' : सं. नेमिचंद्र जैन, पृष्ठ 423

[5] 'मुक्तिबोध रचनावली-5' : सं. नेमिचंद्र जैन, पृष्ठ 423

[6] 'मुक्तिबोध रचनावली-5' : सं. नेमिचंद्र जैन, पृष्ठ 423

मुक्तिबोध के मित्र प्रमोद वर्मा मध्यप्रदेश के कवियों के वैशिष्ट्य संबंधी उनकी धारणा से सहमत थे। 1 जून, 1972 को कांति कुमार जैन को लिखा–'उत्तरप्रदेश के लोग भले ही यह स्वीकार न करें कि मध्यप्रदेश में लिखी गई नयी कविता का अपना अलग रंग है। सामाजिक-राजनीतिक प्रतिबद्धता के साथ नयी कविता के नए मुहावरे की खोज में निकले कुछ कवियश:प्रार्थियों के संपर्क में आने के बाद मुक्तिबोध ने अनुभव किया कि इतने दिनों तक इधर-उधर ठोकरें खाने के बाद वह अपने ही लोगों के बीच लौट आये हैं।'[7]

रामकृष्ण श्रीवास्तव की कविताओं में मुक्तिबोध 'कहन की प्रधानता के साथ ही अन्य चित्रात्मक तथा आत्मपरक गुण' की झलक देख रहे थे। उनमें प्रगतिवाद और प्रयोगवाद की काव्य प्रवृत्तियाँ एक-दूसरे की पूरक होकर एक ही कविता में प्रकट हुई थीं। इस प्रवृत्ति को मुक्तिबोध ने मध्यप्रदेश के कवियों के सामान्य चारित्रिक वैशिष्ट्य के रूप में चिह्नित किया–'प्रयोगवादी और प्रगतिवादी प्रवृत्तियों की परस्पर पूरकता मध्यप्रदेश के नये कवियों की विशेषता है, इसमें कोई शक नहीं। यह विशेषता अत्यंत महत्त्वपूर्ण है।'

प्रश्न यह है कि मुक्तिबोध आख़िर 'प्रयोगवादी और प्रगतिवादी प्रवृत्तियों की परस्पर पूरकता' को क्यों इतना महत्त्वपूर्ण मान रहे थे कि मध्यप्रदेश के कवियों में उसे पाकर उत्साहित हुए?

इसे समझने के लिए इस तथ्य पर ग़ौर करना होगा कि 'प्रगतिवाद और प्रयोगवाद की परस्पर पूरकता' को मुक्तिबोध ने उस दौर की हिंदी कविता के लिये श्रेयस्कर माना, क्योंकि यह प्रवृत्ति एक तरफ़ छायावाद की वायवीयता और दूसरी तरफ़ प्रगतिवाद के ठसपन, दोनों से ऊपर उठ कर, यथार्थ के वस्तुपक्ष और कवि के मन:संसार के बीच द्वंद्व में कविता की तलाश करती थी–यानी यह कविता वस्तुलोक और मनोलोक के बीच संतुलन स्थापित करने का प्रयास करती थी। यह प्रवृत्ति 'तार सप्तक' के रास्ते हिंदी में आयी थी। छायावाद के स्वप्निल भावलोक का प्रतिसंसार निर्मित करते हुए 'तार सप्तक' की कविताएँ, मुक्तिबोध की दृष्टि में, हिंदी कविता की यथार्थ-चेतना के पुनरुन्मेष को प्रगतिवाद की परिधि के भीतर रख पाने में सफल थीं। बल्कि प्रगतिवाद और प्रयोगवाद की परस्पर पूरकता को सबसे सटीक और

[7] 'महागुरु मुक्तिबोध जुम्मा टैंक की सीढ़ियों पर' : कांतिकुमार जैन, पृष्ठ 269 (प्रमोद वर्मा द्वारा 1जून, 1972 को कांतिकुमार जैन को लिखे पत्र से)

प्रातिनिधिक अभिव्यक्ति स्वयं मुक्तिबोध की कविताओं में मिली थी। बच्चन सिंह ने लिखा है कि 'मुक्तिबोध की कविता में प्रयोगवाद और प्रगतिवाद का रासायनिक मिश्रण है। वह एक ही साथ प्रयोगवादी भी है और प्रगतिवादी भी। किंतु दोनों की अतिरेकवादी प्रवृत्तियाँ उन्हें मान्य नहीं।'[8] मुक्तिबोध 'तार सप्तक' की सफलता से उत्साहित थे, लेकिन 'दूसरा सप्तक' से निराश। 1951 में 'दूसरा सप्तक' के प्रकाशन के साथ ही इस नये काव्योन्मेष–'तार सप्तक' के साथ उभरी नयी काव्य-प्रवृत्ति–के अवांछित दिशा में मुड़ जाने से, मुक्तिबोध असंतुष्ट और क्षुब्ध थे। 'जड़ीभूत सौंदर्याभिरुचि' या 'निस्सहाय नकारात्मकता' जैसे पदों में नयी कविता के प्रति उनका यही दृष्टिकोण प्रकट हुआ है। उनके क्षोभ की अभिव्यक्ति 'नये साहित्य का सौंदर्यशास्त्र' और 'एक साहित्यिक की डायरी' के निबंधों में मिलती है। रामकृष्ण श्रीवास्तव और अन्य मित्रों की कविताओं में इस प्रवृत्ति से सजग परहेज दिखायी पड़ता था जो मुक्तिबोध को उत्साहित करता था। वह उनमें 'तार सप्तक' के काव्य-बोध और उसके मूल प्रगतिवादी स्वर का स्वाभाविक विकास देखते थे। 'दूसरा सप्तक' की कविताओं में इसका अभाव उन्हें खटकता था।

शीतयुद्ध की छाया, नई कविता और दूसरा सप्तक

'तार सप्तक' हिंदी कविता में ताज़ा हवा के झोंके की तरह आया था। यह नयी काव्यधारा थी जो छायावादी भावबोध से विलग हो कर 'नई राहों के अन्वेषण' की ओर अग्रसर थी। 'तार सप्तक' के कवि अनुभव कर रहे थे कि 'छायावादी काव्य और साहित्य के मनोवैज्ञानिक-दार्शनिक भाववादी आदर्श ज़िंदगी के तकाज़ों को पूरा नहीं कर पाते, वास्तविक संवेदनात्मक प्रश्नों का उत्तर नहीं दे पाते।'[9] मुक्तिबोध ने लिखा कि "छायावाद के 'भाववादी आदर्श' से अलग ये कवि अपने अनुभव को, संवेदनात्मक प्रक्रियाओं और रूपों को प्रकट करने लगे। यथार्थ के अनुभवों से ग्रस्त होकर आत्म प्रकटीकरण की दिशा में उन्होंने अपने प्रयास आरंभ किए।"[10]

मुक्तिबोध ने 'हिंदी काव्य की नयी धारा' शीर्षक लेख में इस तथ्य की ओर ध्यान आकृष्ट किया है कि 1940 के दशक में भारतीय समाज में

---

[8] हिंदी साहित्य का दूसरा इतिहास : बच्चन सिंह, पृष्ठ 428

[9] मुक्तिबोध रचनावली-पाँच, पृष्ठ 316

[10] मुक्तिबोध रचनावली-पाँच, पृष्ठ 316

वामपंथ के उदय तथा विकास के चलते वैज्ञानिक विश्वदृष्टि की आवश्यकता महसूस की जा रही थी जिसकी खोज के संवेदनात्मक बौद्धिक प्रयास में युवा कवियों ने एक नये काव्य मुहावरे का संधान किया। इसकी विशेषता वही थी–प्रगतिवादी और प्रयोगवादी प्रवृत्तियों की परस्पर पूरकता। लेकिन इन कवियों की सीमाओं से भी मुक्तिबोध परिचित थे। उनकी दृष्टि में 'तार सप्तक' के कवि 'समस्याओं को संवेदनात्मक रूप से अनुभव करते थे, उनके निराकरणों और समाधानों को नहीं।'[11] उनका 'नया वैज्ञानिक दृष्टिकोण इतना गहरा न हो पाया कि वह हार्दिक और आत्मिक आस्था और विश्वास का रूप ले सके।'[12] मुक्तिबोध की दृष्टि में, इसके परिणामस्वरूप व्यक्ति का समाज से सामंजस्य बिगड़ गया और उसमें एक तरह की आत्मग्रस्तता उत्पन्न हो गई। उनका आकलन है कि 'तार सप्तक' की कविताएँ इसी जीवन-स्थिति का परिणाम हैं। इस दशा में वैज्ञानिक बुद्धि और यथार्थवादी दृष्टिकोण के साथ एक तरह की निराशा भी पैदा हुई। लेकिन मुक्तिबोध समझते थे कि उसमें आशा और विश्वास का नितांत अभाव नहीं है। 'वह न वायवीय निराशा है, न वायवीय आशा। काव्य-अनुभूति की कसौटी यथार्थ के संवेदनात्मक अनुभव बने। काव्य परीक्षा यथार्थवादी अनुभूति हुई।'[13] ग़ौर करें कि प्रगतिवाद की 'वायवीय आशा' और नयी कविता की 'वायवीय निराशा' दोनों से मुक्तिबोध असंतुष्ट थे। बच्चन सिंह ने प्रगतिवाद और प्रयोगवाद की जिन 'अतिरेकवादी प्रवृत्तियों' की ओर इशारा किया है, मुक्तिबोध की दृष्टि में वे यही हैं–'वायवीय आशा' और 'वायवीय निराशा'।

'तार सप्तक' सफल रहा, उसकी पर्याप्त चर्चा भी हुई लेकिन उसे खुले दिल से स्वीकार नहीं किया जा सका। मुक्तिबोध ने 'तार सप्तक' को ले कर उत्साहित होने वाले थोड़े-से आलोचकों में हजारी प्रसाद द्विवेदी, इलाचंद्र जोशी, रामचंद्र टंडन इत्यादि का उल्लेख किया है। उन्हें छोड़कर किसी और ने उसका स्वागत नहीं किया। इस क्रम में शमशेर बहादुर सिंह का भी ज़िक्र किया जा सकता है जिन्होंने उसमें संकलित कवियों की समुचित समीक्षा करते हुए एक लेख लिखा। उस दौर में जब उत्तर-छायावादी कवियों, बच्चन, अंचल, नरेंद्र शर्मा और शिवमंगल सिंह 'सुमन' की रोमेंटिक

---

[11] मुक्तिबोध रचनावली-पाँच, पृष्ठ 316
[12] मुक्तिबोध रचनावली-पाँच, पृष्ठ 316
[13] मुक्तिबोध रचनावली-पाँच, पृष्ठ 317

संवेदना की लोकप्रियता चरम पर थी, 'तार सप्तक' के यथार्थवादी स्वर की ओर भली-भाँति ध्यान नहीं गया। लेकिन नये लेखकों में 'तार सप्तक' की स्वीकार्यता और लोकप्रियता क्रमशः बढ़ी और उसकी काव्यभूमि का धीरे-धीरे विस्तार हुआ।

'दूसरा सप्तक' 1951 में प्रकाशित हुआ। तब तक 'तार सप्तक' के साथ उदित हुई नई काव्य-प्रवृत्ति पूर्वापेक्षा अधिक लोकप्रिय हो चुकी थी। आलोचकों का ध्यान उसकी ओर आकृष्ट हुआ। लेकिन दिनकर, नंददुलारे वाजपेयी और डॉ. रामविलास शर्मा ने उसका जम कर विरोध किया। फिर भी उसकी लोकप्रियता बढ़ती ही गयी। ज़ाहिर है, 1950 के दशक तक आते-आते हिंदी कविता के भीतर छायावाद और उत्तर छायावाद की रोमेंटिक मनोभूमि पूरी तरह खिसक चुकी थी। लेकिन नयी कविता के रूप में वह नया अवतार ले रही थी। इस तरह नयी कविता ने धीरे से 'तार सप्तक' के प्रयोगवाद की जगह ले ली। बल्कि प्रयोगवाद को अब नयी कविता के रूप में जाना जा रहा था। मुक्तिबोध स्वयं को नयी कविता से बाहर नहीं मानते थे। नयी कविता को वह 'तार सप्तक' की प्रगतिशील चेतना के विस्तार के तौर पर विकसित होते देखना चाहते थे।

एक नयी काव्य-प्रवृत्ति के रूप में नयी कविता का आरंभ कुछ लोग 'तार सप्तक' के पूर्व सुमित्रानंदन पन्त और उनके 'रूपाभ' (1938) से मानते हैं। इस प्रवृत्ति के प्रतिष्ठापक के रूप में 'निराला' के 'कुकुरमुत्ता' (1942) की भी चर्चा हुई। 'तार सप्तक' की अज्ञेय द्वारा लिखी भूमिका में 'प्रयोग' और 'राहों के अन्वेषण' पर बल देने के कारण आचार्य नंददुलारे वाजपेयी ने इन प्रयोगशील कवियों को 'प्रयोगवादी' कहा और इनका घोर विरोध किया। वह 'प्रयोग' शब्द की लाठी से 'तार सप्तक' की नयी काव्य-चेतना को पीटने लगे थे। अज्ञेय कहते रह गये कि प्रयोग कोई वाद नहीं है, लेकिन अंततः विरोधी सुर में दिए गए इस नाम को ही मान्यता मिली। मुक्तिबोध ने स्वयं को प्रयोगवादी नहीं कहा। 'तार सप्तक' के प्रकाशन के समय अज्ञेय का ज़ोर प्रयोगशीलता पर था। उन्होंने पत्र लिख कर मुक्तिबोध से आग्रह किया था कि अपने वक्तव्य में वह स्पष्ट रूप से लिखें कि अपनी रचना में किस क्षेत्र में और क्या-क्या प्रयोग करना चाहा है।[14] मुक्तिबोध ने परिचय और वक्तव्य भेज दिया। लेकिन अज्ञेय के प्रयोगशीलता के आग्रह पर विशेष ध्यान

---

[14] 'मेरे युवजन मेरे परिजन' : सं. रमेश गजानन मुक्तिबोध, अशोक वाजपेयी, पृष्ठ 45

नहीं दिया। सम्भवतः उन्हें इसकी आवश्यकता महसूस नहीं हुई हो। उन्होंने अपनी कवि-संवेदना के विकास का संक्षिप्त उल्लेख करते हुए आत्मपरक दृष्टि से प्रस्थान कर मार्क्सवाद की ओर झुकाव, हिंदी-मराठी के द्वंद्व, जीवन और जगत की आंतरिक उलझनों को सुलझाने की दार्शनिक दृष्टि, शुजालपुर के वातावरण में पाँच साल की जड़ता से मुक्ति, कलाकार की स्थानांतरगामी प्रवृत्ति आदि की चर्चा करते हुए अपने वक्तव्य के अंत में लिखा–'काव्य में जीवन के चित्र की–यथा वैज्ञानिक टाइप की–उद्‌भावन की अथवा शुद्ध शब्द-चित्रात्मक कविता हो सकती है। इन्हीं के प्रयोग मैं करना चाहता हूँ।'[15] मुक्तिबोध के लिए प्रयोग अगर स्वीकार्य था तो 'जीवन के चित्र के उद्‌भावन' के अर्थ में। मुक्तिबोध अज्ञेय द्वारा वांछित प्रयोगवादी नहीं थे। लेकिन वह 'तार सप्तक' के नयेपन के हामी थे।

मुक्तिबोध के लिये 'तार सप्तक' के साथ कविता नयी हो गयी थी। 'तार सप्तक' का प्रभावी स्वर उनके तईं अपनी मूल प्रकृति में प्रगतिशील था। मुक्तिबोध जिसे नयी कविता कह रहे थे, उसमें प्रगतिवाद और प्रयोगवाद का सहअस्तित्व था। वह प्रयोगवाद को प्रगतिवाद की निरंतरता में देखते थे, क्योंकि 'तार सप्तक' के पाँच कवि प्रगतिवाद के वैचारिक क्षितिज में से उदित हुए थे। नयी कविता में 1950 के दशक में इस तरह दो तरह की काव्य-प्रवृत्तियाँ मौजूद थीं। वह दो धाराओं में सक्रिय थी–'दूसरा सप्तक' के भीतर से विकसित 'आधुनिकतावादी नयी कविता' जिसके प्रस्तोता अज्ञेय थे, और 'जनवादी-प्रगतिशील नयी कविता' जिसके प्रतिनिधि स्वयं मुक्तिबोध थे। श्रीकांत वर्मा ने इस द्विभाजन की चर्चा की है। स्वयं मुक्तिबोध ने भी इस धारणा को स्वीकार किया। उन्होंने नयी कविता के कवियों के बारे में लिखा–

> "ये कवि विचारधारा की दृष्टि से दो खेमों में बँटे हुए हैं। एक ख़ेमा है सक्रिय प्रगतिशीलता-विरोधी, जिसमें सर्वप्रमुख हैं श्री वात्स्यायन और धर्मवीर भारती, आदि। दूसरे लोग प्रगतिवाद के पक्ष में हैं, जिनमें प्रमुख हैं गिरिजाकुमार माथुर, नेमिचन्द्र जैन, नरेशकुमार मेहता, भारतभूषण अग्रवाल आदि। बहुत थोड़े ऐसे हैं जो इन दोनों की कुछ-कुछ बातें मानते हुए भी दोनों मे थोड़े-थोड़े दूर हैं। उनमें से प्रमुख हैं श्री प्रभाकर माचवे, पण्डित भवानीप्रसाद मिश्र आदि।

---

[15] 'तार सप्तक' : सं. अज्ञेय (मुक्तिबोध का वक्तव्य)

काव्य-प्रवृत्तियों की दृष्टि से, यह कहा जाना चाहिए कि इनके फिर दो विभाग हो जाते हैं। एक में प्रमुखतः सौन्दर्यवादी ही आते हैं। जैसे, गिरिजा कुमार माथुर, नरेशकुमार मेहता, और, कुछ अंशों में, हरिनारायण व्यास, तथा सच्चिदानन्द वात्स्यायन। दूसरे पक्ष में आभ्यन्तर प्रतीकात्मक चित्रण ही अधिक होता है, जिनमें प्रमुख हैं वात्स्यायन, गजानन माधव मुक्तिबोध, धर्मवीर भारती, आदि। मज़ेदार बात यह है कि भवानीप्रसाद की शैली ऐसी है कि वह आभ्यन्तर को बाह्य बनाकर चलती है। ऐसे लोगों में स्वयं मिश्रजी और माचवे हैं।"[16]

नयी कविता में श्रीकांत वर्मा को मुख्यतः दो बातें नज़र आती थीं–एक तो पीड़ा और दूसरी, पीड़ा का दर्शन। मुक्तिबोध को उन्होंने लिखा–'एक में समूचे सामाजिक जीवन के प्रकाश में संवेदनशील व्यक्तित्व की genuine पीड़ा है, दूसरी में आत्मयंत्रणा self torture (आत्मरति) का दर्शन है, बौद्धिक धरातल पर स्वीकृति है। पहली का प्रतिनिधित्व मुक्तिबोध में होता है, द्वितीय का अज्ञेय में। मेरी थीसिस यह है। नेमिजी मुझसे सहमत नहीं हैं, वह आत्म-यंत्रणा को, कवि-व्यक्तित्त्व का अनिवार्य अंग मानते हैं।'[17]

दरअसल शीतयुद्ध के माहौल में 'दूसरा सप्तक' के प्रकाशन के बाद नयी कविता ने अपना रास्ता बदल दिया था। 'कांग्रेस फॉर कल्चरल फ्रीडम', 'नयी कविता' पत्रिका, और 'परिमल' संस्था के माध्यम से हिंदी के बौद्धिक जगत का रूपांतरण आरम्भ हुआ। 'तार सप्तक' के साथ शुरू हुई नयी कविता को 1950 के बाद अंततः स्वीकृति तो मिली, लेकिन नये वातावरण और उसके अनुकूल बदले हुए स्वरूप में। इस वातावरण का प्रभाव इतना अतिक्रामक था कि उसने नयी कविता, हिन्दी बौद्धिक समाज और उसके भीतर उभरी नई काव्य-प्रवृत्ति को पूरी तरह आच्छादित कर लिया। नतीजा यह हुआ कि 'तार सप्तक' की नयी काव्य चेतना–जिसके केंद्र में प्रगतिवादी दृष्टि-बोध था– हाशिये पर रह गयी और उसके स्थान पर 'दूसरा सप्तक' का आत्मपरक सौंदर्यवादी स्वर उसकी पहचान बन गया।

श्रीकांत वर्मा ने लिखा कि "दूसरा सप्तक' के प्रकाशन के साथ ही कविता का एक 'टाइप' बन गया। वह 'टाइप' नयी कविता के नाम से जाना

---

16 मुक्तिबोध रचनावली-पाँच, पृष्ठ 318

17 मेरे युवजन मेरे प्रियजन : रमेश गजानन मुक्तिबोध, अशोक वाजपेयी, पृष्ठ 246

जाने लगा और एक विशिष्ट मुहावरे में कविता की जाने लगी। 'दूसरा सप्तक' और उसके कवियों की कविताएँ इतनी कामयाब हुई कि अपने परवर्तियों की कामयाबी से घबराकर और आतंकित होकर स्वयं 'तार सप्तक' के अधिकतर कवि नयी कविता के मुहावरे में कविता करने लगे।"[18] और तो और, श्रीकांत वर्मा नयी कविता की आत्मबद्धता की शिकायत तो कर रहे थे, लेकिन 'तार सप्तक' से प्रेरित होने के बाद स्वयं 'दूसरा सप्तक' के असर से मुक्त नहीं हो सके थे। नयी कविता की भाषा उन्हें 'तार सप्तक' की तुलना में अधिक समकालीन लगी।[19] लेकिन बाद में 'दूसरा सप्तक' की व्यक्तिपरक संवेदना और उसके पीछे की राजनीति का अनुमान होने पर उन्होंने उसकी तीखी आलोचना की। मुक्तिबोध को लिखे पत्रों में इसकी झलक दिखाई देती है। 1957 में अपने पहले काव्य संग्रह 'भटका मेघ' की भूमिका में उन्होंने नयी कविता की व्यक्तिवादी प्रवृत्तियों की आलोचना की।

नयी कविता को जब 'दूसरा सप्तक' के व्यक्तिवाद से जोड़ कर देखा जाने लगा था, तो मुक्तिबोध स्वयं को उससे अलग करते थे, लेकिन वह नयी कविता से स्वयं को अभिन्न मानते थे। क्योंकि नयी कविता उनकी दृष्टि में वस्तुतः 'तार सप्तक' से शुरू हुई थी, 'दूसरा सप्तक' से नहीं। वह 'तार सप्तक' कविताओं के मूलतः यथार्थवादी स्वभाव को रेखांकित करते थे। तार सप्तक से विकसित हुई नयी कविता को उन्होंने 'छायावादी व्यक्तिवाद के विरुद्ध यथार्थोन्मुख व्यक्तिवाद की बगावत' कहा है। उन्हें लगता था, 'दूसरा सप्तक' के बाद नयी कविता में यथार्थ झीना या 'कुहरिल' पड़ गया था, और व्यक्तिवाद अधिक मुखर। फलस्वरूप उन्होंने 'प्रयोगवाद' शीर्षक निबंध में 'तार सप्तक' और 'दूसरा सप्तक' में अंतर पर ज़ोर देते हुए उनके बीच 'स्थिति तथा व्यक्ति के बहुत बड़े भेद' को रेखांकित किया–

> "दूसरा सप्तक' वालों को अच्छी परिस्थितियाँ मिली थीं। साथ ही, तब तक 'तारसप्तक' वाले भी काफ़ी आगे बढ़ चुके थे। इसलिए जिन प्रश्नों को लेकर 'तार सप्तक' वाले आगे बढ़े उन प्रश्नों को लेकर 'दूसरा सप्तक' वाले नहीं। 'तार सप्तक' वालों की रोमांस-भावना की आयु, बहुत अंशों

---

18 श्रीकांत वर्मा रचनावली-खंड 3 (सं. अरविन्द त्रिपाठी), पृष्ठ 85

19 श्रीकांत वर्मा का रचना संसार (सं. राजेन्द्र मिश्र), श्रीकांत वर्मा से विनोद कुमार भारद्वाज की बातचीत, पृष्ठ 100

में, छायावाद में ही बीत चुकी थी। वे अपनी छायावादी अवधि पार कर उसके विरुद्ध प्रतिक्रिया करते हुए प्रयोगवादी थे, तो, 'दूसरा सप्तक' वाले अपनी नवीन रोमैण्टिक भावनाएँ लेकर प्रयोगवाद में आये। 'तार सप्तक' और 'दूसरा सप्तक' में यह एक मौलिक भेद है। व्यक्ति के विकास की दृष्टि से 'तार सप्तक' अधिक मज़बूत है, 'दूसरा सप्तक' रोमैण्टिक परिधान की दृष्टि से अधिक मनोरम। रोमण्टिक भावनाएँ जीवन की यथार्थता है। मनोवैज्ञानिक यथार्थवादी दृष्टि से वे, अतएव, प्रयोगवाद के लिए निषिद्ध नहीं ठहरतीं, बशर्ते कि उनकी ओर देखने की दृष्टि कुहरिल न हो।''[20]

मुक्तिबोध को 'दूसरा सप्तक' की 'कुहरिल दृष्टि' से आपत्ति थी, उसकी रोमैण्टिक भावना से नहीं। उसमें व्याप्त निराशा और व्यक्तिवाद उन्हें आयातित प्रतीत होते थे। उन्होंने लिखा–

'नयी कविता में प्रचलित बहुतेरा निराशावाद और जनता और समाज से अलग रहकर जीने की यह प्रवृत्ति–अर्थात् व्यक्तिवाद–दोनों एक दार्शनिक भूमिका में, दार्शनिक विचारधारा का रूप धारण कर, हिन्दी साहित्य में नयी कविता के क्षेत्र में खूब प्रचलित है। भारतीय मध्यवर्गीय जीवन में आज जो खेदपूर्ण अवसन्न दुःखमय स्थिति है, उसकी प्रधान मनोदशाओं को आज यूरोप-अमरीका का यह वैचारिक प्रवाह प्राप्त हो जाता है। और इस प्रकार नये काव्य में स्वप्न-भंग, खेद, ग्लानि और निराशा के भावों को एक वैचारिक भूमिका और दर्शन मिल जाता है, जिसमें व्यक्ति-समीक्षा, सभ्यता-समीक्षा और मानव-भाग्य-समीक्षा भी है। मैं इस वैचारिक प्रवृत्ति का विरोध करता हूँ। बहुतेरे लोग इसका विरोध करते हैं। किन्तु यह प्रवृत्ति प्रबल है।'[21]

मुक्तिबोध को साहित्य में यूरो-अमेरिकी वैचारिक धारा के आयात से आपत्ति है। उन्हें इस बात से भी आपत्ति है कि नयी कविता भारतीय मध्यवर्ग की 'अवसन्न दुःखमय स्थिति' को यूरो-अमेरिकी निराशा-दर्शन से जोड़ देती है। लेकिन मुक्तिबोध समूची नयी कविता को निराशा-वृत्ति और व्यक्तिवाद से आक्रांत नहीं मानते थे। उसके कुछ अंशों को ही इस प्रवृत्ति से ग्रस्त मानते थे। यह प्रवृत्ति उन्हें इसलिए घातक जान पड़ती थी कि वह संगठित

---

[20] मुक्तिबोध रचनावली-पाँच, पृष्ठ 288

[21] मुक्तिबोध रचनावली-पाँच, पृष्ठ 308

थी और संगठित रूप से उसका प्रचार हो रहा था। मुक्तिबोध ने उसके विदेशी स्रोतों की तरफ़ सही इशारा किया। ज़ाहिर है, उनकी दृष्टि में नयी कविता की निराशा-वृत्ति आपत्तिजनक न होती यदि वह खरी-सच्ची होती, और उसके स्रोत भारतीय जन-जीवन में होते। नयी कविता के व्यक्तिवादी और निराशावादी स्वर के बरअक्स उसमें विसंवादी स्वर भी थे; व्यक्तिवादी प्रवृत्ति का प्रतिवाद भी था। व्यक्तिवाद के प्रतिवादी स्वरों को रेखांकित करते हुए उन्होंने लिखा कि 'नयी कविता में कुछ आवाज़ें ऐसी हैं जो भारतीय व्यक्तित्व की, भारतीयता की, रक्षा चाहती हैं। वे भारतीय व्यक्तित्व को पश्चिमी जगत् से नहीं, वरन् एशिया, अफ्रीका, दक्षिण अमरीका से जोड़ना चाहती हैं।'[22] मुक्तिबोध एशिया, अफ्रीका, दक्षिण अमरीका के देशों को उम्मीद की निगाह से देखते थे जहाँ जन-संघर्ष और नवनिर्माण की शक्तियों की सशक्त उपस्थिति थी। नयी कविता की प्रगतिशील धारा को वह उनके निकट पाते थे। नयी कविता के 'आधुनिक भाव-बोध' को उन्होंने दो धाराओं में विभक्त माना। एक, 'पश्चिमी जगत् के व्यक्तिवादी-निराशावादी दर्शन से अनुप्राणित' और दूसरा 'भारत के अपने भविष्य स्वप्न से' प्रेरित। दूसरी श्रेणी के आधुनिक भावबोध को उन्होंने 'तथाकथित पिछड़े देशों के संघर्षों और निर्माणों को प्रस्तुत करनेवाली प्रेरणाओं के अधिक निकट' मानते हुए कहा कि 'भविष्य भी इन्हीं के साथ है, क्योंकि वे मानव की उन्नतिपरक शक्तियों में, मानव की उद्धार क्षमता में, समाजवाद और जनतन्त्र में, भारतीय संस्कृति की विकास-शक्तियों में प्रगाढ़ विश्वास रखते हैं।'[23] कहने की आवश्यकता नहीं कि मुक्तिबोध की दृष्टि में साहित्य को जन-संवेदना से अनुप्राणित होना चाहिये, और उसे जन-संघर्षों से शक्ति प्राप्त होनी चाहिये।

नयी कविता की जिस धारा को मुक्तिबोध 'पश्चिमी जगत् के व्यक्तिवादी-निराशावादी दर्शन से अनुप्राणित' मान रहे थे, कमोबेश उसमें छायावाद की व्यक्तिपरकता और रोमेंटिकता अवशिष्ट रूप में मौजूद थी।

छायावाद और नयी कविता

मुक्तिबोध का विचार था कि किसी भी साहित्यिक प्रवृत्ति के सुनिश्चित देश-कालगत संदर्भ होते हैं। वह विशिष्ट परिस्थितियों की देन होती है।

---

[22] मुक्तिबोध रचनावली-पाँच, पृष्ठ 309

[23] मुक्तिबोध रचनावली-पाँच, पृष्ठ 309

छायावाद के उतार और प्रगतिवाद के उभार को मुक्तिबोध पिछली सदी के तीस के दशक के उत्तरार्द्ध में गाँधीवादी राजनीति को लेकर उठी आपत्तियों और आशंकाओं, कांग्रेस सोशलिस्ट पार्टी के गठन और हिंदी में 'हंस' के जरिए वामधारा के साहित्य के प्रसार से जोड़ कर देखते थे। प्रगतिवाद के प्रभाव को उन्होंने दो दिशाओं में विकसित होते देखा—एक वह जिसमें राजनैतिक विचार का सपाट अनुवाद था; दूसरा वह जिसमें छायावाद की व्यक्तिवादी प्रवृत्ति का तीव्र प्रतिवाद था। दूसरी दिशा के साहित्यिकों की समझ थी, और स्वयं मुक्तिबोध भी मानते थे, कि छायावाद में चित्रित पीड़ा वास्तविक नहीं, कल्पित है। जीवन की वास्तविकता उसमें अनुपस्थित है। 'तार सप्तक' से उभरी नयी कविता के कवियों की छायावाद के विरुद्ध यही प्रतिक्रिया थी। लेकिन मुक्तिबोध इसके भीतर के अंतर्विरोधों को भी समझ रहे थे। उनकी निगाह में नये कवियों की इस 'प्रतिक्रिया की पार्श्वभूमि सामाजिक न थी।'[24] छायावाद की करुणा में मुक्तिबोध को करुणा का विलास नज़र आता था, लेकिन नयी कविता का कवि भी इसे 'आत्मकेन्द्री अर्थों में' ही देख रहा था, इसलिए उसकी सामाजिक व्याख्या कर पाने में समर्थ न था। उन्होंने माना कि 'नयी कविता का जन्म छायावादी व्यक्तिवाद के विरुद्ध यथार्थोन्मुख व्यक्तिवाद की ही बगावत थी। यह बगावत इसीलिए सम्भव थी कि देश की बिगड़ी हुई दशा में मध्यम वर्ग के साधारण व्यक्ति का जीवन असह्य हो उठा था। ऐसा व्यक्ति यह सोचता था कि तत्कालीन रोमेण्टिक कविता कम-से-कम उसके कष्टग्रस्त जीवन के मनोभावों के यथार्थ को तो उभारे।'[25] यहाँ नयी कविता से मुक्तिबोध का तात्पर्य 'तार सप्तक' से उभरी नयी काव्य-प्रवृत्ति से है।

छायावाद में नयी कविता की कल्पनाप्रवणता, भावनामूलक दृष्टि और मानवीय संबंधों के आदर्शीकरण का परिणाम यह हुआ कि उससे असंतुष्ट नये कवियों ने जीवन-यथार्थ को बौद्धिक दृष्टि से देखने की आवश्यकता को तीव्रता से महसूस किया। मुक्तिबोध नयी कविता को 'कल्पना-प्रवण, भावुकतापूर्ण, वायवीय आदर्शवादी व्यक्तिवाद के विरुद्ध यथार्थवादी व्यक्तिवाद की बगावत' मान रहे थे, इसलिए वह नयी कविता में 'बौद्धिकता के कारण यथार्थवादी आत्म-चेतना' की ओर झुकाव और साथ ही 'आत्मकेंद्रित

---

[24] मुक्तिबोध रचनावली-पाँच, पृष्ठ 311

[25] मुक्तिबोध रचनावली-पाँच, पृष्ठ 311

व्यक्तिवाद' की मौजूदगी देख रहे थे। इसके चलते ठोस ऐतिहासिक-सामाजिक यथार्थ के साथ नयी कविता का रिश्ता भी कमज़ोर रह गया था। उनकी राय में नयी कविता की 'यथार्थोन्मुख बौद्धिकता' व्यक्ति और समाज के बीच जटिल संबंधों को खोल सकने में पूर्णतः सक्षम भी नहीं थी, इसीलिए उन्हें लगता था कि 'धीरे-धीरे उनमें साम्यवाद आना निश्चित ही था।' इसलिए 'तार सप्तक' में चार प्रगतिवादी और दो प्रगतिवाद से प्रभावित कवियों के होने का उल्लेख करते हुए उन्होंने लिखा कि 'केवल एक श्री अज्ञेय प्रगतिवादी न हो सके।'[26]

'तार सप्तक' पर वामधारा के प्रभाव को मुक्तिबोध कांग्रेस सोशलिस्ट पार्टी के गठन और 1942 तक नौजवानों में वामपंथ की बढ़ती लोकप्रियता के सन्दर्भ में देख रहे थे। उन्होंने इस तथ्य की ओर ध्यान आकृष्ट किया कि 'साधारण रूप से तार सप्तक में संगृहीत कविताएँ सन् '42 के उत्तरार्ध के पूर्व की ही कविताएँ हैं। इसलिए उन कविताओं में पूंजीवाद के विरुद्ध क्षोभ के बावजूद व्यक्ति-चेतना का ही प्राधान्य है।'[27] क्या उन कविताओं में व्यक्ति-चेतना की यह प्रधानता छायावाद की व्यक्ति-चेतना का ही विस्तार नहीं था? अगर था तो नयी कविता (यानी 'तार सप्तक' की कविता) में व्यक्ति-चेतना और यथार्थ-चेतना दोनों मौजूद थी। शायद यह कहा जा सकता है कि यथार्थ-चेतना के दबाव और प्रभाव से उसे अपना निजी व्यक्तित्व मिला था और एक भिन्न काव्य-प्रवृत्ति के रूप में उसकी पृथक पहचान क़ायम हुई थी।

'तार सप्तक' में व्यक्तिवाद की छाया होने के बावजूद यदि किसी हद तक यथार्थ-चेतना मुखर हुई थी, तो इसी वजह से 'दूसरा सप्तक' में उसके प्रभाव में वृद्धि और उसमें निखार आने की सहज ही अपेक्षा की जा सकती थी। कहना चाहिए कि 'तार सप्तक' की 'यथार्थोन्मुख बौद्धिकता' का विकास 'दूसरा सप्तक' में प्रगतिवाद की ओर झुकाव में होना चाहिये था। यही स्वाभाविक और संभावित था। लेकिन ऐसा न हो सका। मुक्तिबोध असंतुष्ट थे कि "जिन प्रश्नों को 'तारसप्तक' में उठाया (गया) उनका विकास 'दूसरा सप्तक' में न हो पाया।"[28] 'तार सप्तक' की अन्तर्वस्तु में मुक्तिबोध ने जिन

---

[26] मुक्तिबोध रचनावली-पाँच, पृष्ठ 312

[27] मुक्तिबोध रचनावली-पाँच, पृष्ठ 312

[28] मुक्तिबोध रचनावली-पाँच, पृष्ठ 312

गुणों को लक्ष्य किया था, उन्हें सूचीबद्ध भी किया था–

> 'वर्तमान दु:स्थिति के भाव से ग्रस्त रहने की मनोदशा के कारण उत्पन्न नकारवादी नैराश्यमूलक निवेदन, राजनैतिक विरोध, सामाजिक व्यंग्य, व्यक्ति के भीतर के वास्तविक अंतर्विरोध (जिनके स्पष्टीकरण का बहुत बड़ा सामाजिक महत्व है), व्यक्ति-चेतना का आभ्यन्तर विकेन्द्रीकरण (जो समाज में स्पष्ट लक्षित होता है), सामाजिक क्रान्ति के प्रति निष्ठा, मनुष्य की उन्नयनशीलता के प्रति विश्वास और आस्था।'[29]

मुक्तिबोध 'दूसरा सप्तक' में इन गुणों का अभाव महसूस करते थे–"दूसरा सप्तक' में न इतना सामाजिक व्यंग्य है और न राजनैतिक विरोध, और न इतनी निविड़ आत्म-चेतना।"[30] 'दूसरा सप्तक' में जो विशेषताएँ मिलती हैं, मुक्तिबोध उन्हें भी सूचीबद्ध करते हैं, और 'तार सप्तक' से उसकी तुलना करते हैं–

> "उसमें मनोहर प्राकृतिक दृश्यांकन, निसर्ग सौन्दर्य का अनेक रूपकों में चित्रण, वातावरण के सुघर रेखा-चित्र और काव्य-शिल्प की रमणीयता के दर्शन होते हैं। 'दूसरा सप्तक' वालों का टेकनीक सधा हुआ है, और उनके काव्य-विषय भी अपेक्षाकृत सरल हैं। सामाजिक व्यंग्य, प्रगतिशील प्रवृत्ति और राजनैतिक स्वर क्षीण है, और वह भी सिर्फ गूंज-भर है। 'तार सप्तक' वालों ने जितने मनोभावों को और मनुष्य दशाओं को मथा है, उतना 'दूसरा सप्तक' वालों ने नहीं। ऊपर लिखित कथन सिर्फ भेद दरशाने के लिए है, न किसी की श्रेष्ठतरता स्थापित करने के लिए।"[31]

'दूसरा सप्तक' की कविताओं की 'सधी हुई टेकनीक, मनोहर दृश्यांकन, वातावरण के सुघर रेखाचित्र, काव्यशिल्प की रमणीयता' आदि गुण मुक्तिबोध को आकृष्ट करते हैं, लेकिन सामाजिक व्यंग्य, प्रगतिशील जीवनदृष्टि और राजनैतिक स्वर की दृष्टि से वह उन्हें पिछड़ा हुआ प्रतीत होता था। वह मानते थे कि 'दूसरा सप्तक' शिल्प-सौंदर्य की दृष्टि से आगे है लेकिन काव्य का

---

[29] मुक्तिबोध रचनावली-पाँच, पृष्ठ 312

[30] मुक्तिबोध रचनावली-पाँच, पृष्ठ 313

[31] मुक्तिबोध रचनावली-पाँच, पृष्ठ 313

अन्तर्तत्त्व या यथार्थबोध 'तार सप्तक' की अपेक्षा उसमें कमतर है। इसकी क्षतिपूर्ति के लिए शिल्पगत सौंदर्य को महत्त्व दिया गया है।

'हिंदी काव्य की नई धारा' शीर्षक निबंध में मुक्तिबोध ने इस पर विचार किया है। 1955-57 में इसका मूल्यांकन करते हुए उनकी राय थी कि 'तार सप्तक' के लेखकों का निर्माण-काल छायावाद में बीत गया था। उन्होंने यथार्थ को, कविता को जीवन के ज्वलंत प्रश्नों और समस्याओं पर एकाग्र किया। पूर्ववर्ती छायावाद से जो शिल्प उन्हें मिला था, उसे सहेजने-सँवारने का अवकाश तब उनके पास नहीं था। किसी हद तक शिल्प की उन्होंने अनदेखी की। मगर 'दूसरा सप्तक' के कवियों को देखें तो "नौज़वानी में ही उनको पके-पकाये रूप में प्रगतिवादी अथवा कोई अन्य वैज्ञानिक दृष्टिकोण मिल गया था। छन्द, भाव, भाषा, शैली सभी उन्हें तैयार मिले। इसके लिए उनको कोई संघर्ष नहीं करना पड़ा, न बौद्धिक, न हार्दिक। इसलिए उनकी कला अधिक सुखात्मक और सौन्दर्यमयी हुई। किन्तु उन्होंने जीवन के सम्बन्ध में वे प्रश्न नहीं उठाये, जो 'तार सप्तक' वालों ने खड़े किये थे।"[32] मुक्तिबोध ने 'दूसरा सप्तक' को पूरी तरह ख़ारिज नहीं किया। उसकी उपलब्धियों की सराहना की। उन्होंने लिखा कि उसके कवियों की 'सौंदर्य-प्रेम भावनाएँ नये ढंग से सम्मुख आयीं। नये ढंग की कविता को उनकी यह सबसे बड़ी देन है।'[33]

मुक्तिबोध नयी कविता में 'प्रयोगवादी और प्रगतिवादी प्रवृत्तियों की परस्पर पूरकता' के चरितार्थ होने का स्वप्न देख रहे थे। लेकिन 'दूसरा सप्तक' की व्यक्तिवादी प्रवृत्ति ने उन्हें निराश कर दिया था। उनकी दृष्टि में 'दूसरा सप्तक' की 'कुहरिल दृष्टि' उसके व्यक्तिवाद को और अधिक गझिन बना देती थी।

स्पष्ट है कि 'दूसरा सप्तक' में आकर नयी कविता (यानी मुक्तिबोध की दृष्टि में 'तार सप्तक') का यथार्थ-बोध स्खलित हुआ था। 'दूसरा सप्तक' मुक्तिबोध के लिए उन्नत शिल्प में कमज़ोर अंतर्वस्तु की पैकेजिंग था। 'तार सप्तक' का 'सामाजिक व्यंग्य, प्रगतिशील जीवन-दृष्टि और राजनैतिक स्वर' यहाँ आ कर कमज़ोर हुआ था, लेकिन उसके भीतर सौंदर्यवाद मुखर था। मुक्तिबोध की आपत्ति का यही प्रमुख कारण था। मुक्तिबोध कमज़ोर

---

[32] मुक्तिबोध रचनावली-पाँच, पृष्ठ 318

[33] मुक्तिबोध रचनावली-पाँच, पृष्ठ 318

राजनैतिक स्वर की, अ-राजनैतिक प्रतीत हो रही, गुप्त राजनीति को अच्छी तरह समझते थे। पचास के दशक में उन्हें अपनी बेधक दृष्टि में राजनीतिक शीतयुद्ध का प्रभाव हिंदी कविता पर स्पष्ट दिखाई दे रहा था। तभी तो उन्होंने नयी कविता को 'राजनीतिक शीत युद्ध की साहित्यिक शाखा' निरूपित किया था। यहाँ नयी कविता से उनका आशय 'दूसरा सप्तक' और उससे निःसृत व्यक्तिवादी धारा से है। इस धारा के प्रवाह-काल को, यानी 1951 के बाद नयी कविता को, उन्होंने 'नयी कविता का द्वितीय उत्थान-काल'[34] कहा है।

इस कविता की वैचारिक विपन्नता की ओर संकेत करते हुए उन्होंने लिखा–

> 'नयी कविता को उत्तराधिकार के रूप में न अध्यात्मवादी विचारधारा प्राप्त हुई, न भौतिकवादी। विश्व दृष्टि को चाहे वह जो भी हो–विकसित करने का प्रयत्न भी नहीं हुआ। कुछ कलाकारों ने आपस में बैठकर भले ही अपने विश्वास एकत्रित कर लिये हों, किंतु वे विश्वास उनके साहित्य की पार्श्वभूमि नहीं बन पाए। दूसरे शब्दों में उनके पास ऐसी कोई केंद्रीय दृष्टि नहीं है जो उनकी भाव-दृष्टि का अनुशासन कर सके।'[35]

वह देख पा रहे थे कि 'तार सप्तक' और 'दूसरा सप्तक' की पृथक 'भाव-धाराओं' में नयी कविता विभाजित हो चली है। इसलिए 'कृति' में प्रकाशित एक टिप्पणी में उन्होंने लिखा कि 'नई कविता में स्वयं कई भाव-धाराएँ हैं, एक भाव-धारा नहीं। इनमें से एक भाव-धारा में प्रगतिशील तत्व पर्याप्त हैं। उनकी समीक्षा होना बहुत आवश्यक है। मेरा अपना मत है, आगे चलकर नयी कविता में प्रगतिशील तत्व और भी बढ़ते जाएँगे और वह मानवता के अधिकार के अधिक समीप आएगी।'[36] वह रामकृष्ण श्रीवास्तव और 'नर्मदा की सुबह' में संकलित कवियों में यह संभावना–नयी कविता के प्रगतिवादी भावबोध के विस्तार की आशा–देख रहे थे।

यह मुक्तिबोध का भावुक आशावाद था। लेकिन यह कितना भी अव्यावहारिक क्यों न हो, 'नर्मदा की सुबह' इसी भावुक आशावाद से उपजी

---

[34] मुक्तिबोध रचनावली-पाँच, पृष्ठ 202

[35] मुक्तिबोध रचनावली-पाँच, पृष्ठ 203

[36] मुक्तिबोध रचनावली-पाँच, पृष्ठ 335

उम्मीद थी। कैसी विडंबना है कि उनकी तमाम उम्मीदों की तरह यह भी अधूरी रह गयी। 1955-56 में मध्यप्रदेश के युवा कवियों का संकलन तैयार कर इसके प्रकाशन की योजना निष्फल हुई। कविताओं को उन्होंने संकलित कर लिया था लेकिन संकलन प्रकाशित न हो सका। अधूरी कविताओं के अपूर्णकाम कवि का एक और स्वप्न अजन्मा-अधूरा रह गया।

नर्मदा की सुबह

नयी कविता के इस प्रगतिवादी भावबोध में राजनैतिक स्वर मुखर था। मुक्तिबोध नयी कविता की राजनीति को समझ रहे थे। वह यह भी जान रहे थे नयी कविता में प्रत्यक्ष राजनैतिक स्वर की अनुपस्थिति एक खास तरह की विचारधारा की राजनीति का नतीजा है। इसलिये वह उन कवियों को रेखांकित करना चाह रहे थे जिनमें राजनैतिक स्वर स्पष्ट और मुखर हो। उन्हें इल्म था कि नयी कविता में राजनैतिक स्वर की सायास उपेक्षा की जा रही है। हिंदी के मार्क्सवादी आलोचक इन सवालों को ले कर प्रायः उदासीन थे। 'नर्मदा की सुबह' मुक्तिबोध की इसी चिंता का परिणाम है।

जबलपुर में कठिन आर्थिक परिस्थितियों में जूझते हुए मुक्तिबोध हिंदी साहित्य की दुनिया में उपेक्षा के शिकार थे। कम्युनिस्ट पार्टी का कार्यकर्त्ता होने के कारण पुलिस की ख़ुफ़िया नज़रों में थे। इन सबसे जूझते हुए वह तंग आ कर हताश हो चुके थे। जब 1948 में वह नागपुर आये तो मित्रों के सान्निध्य में उन्हें प्रेम, आदर और अपना खोया हुआ आत्मविश्वास मिला। आश्वस्त हुए कि वह अकेले नहीं हैं। उन्हें यह भी लगा कि वैचारिक रूप से भी 'वह अकेले नहीं हैं और मरने-मारने को तत्पर एक छोटी-सी सिख टोली उनके साथ है जो नई कविता की फैशनेबल सौंदर्याभिरुचि से दूर रहकर काव्य की मूल प्रगतिशील धारा के संवर्द्धन में योग दे रही है।' नागपुर में कुछ ही वर्षों के दरम्यान हिंदी के युवा लेखकों का वह समूह एकत्र हो चुका था जो संभवतः मुक्तिबोध की प्रेरणा से ही 'तार सप्तक' के तीव्र यथार्थ-बोध को नितांत सौंदर्यपरक और व्यक्तिवादी मोड़ पर ला खड़ा करने की शीतयुद्धकालीन साहित्यिक राजनीति से संघर्ष करने के लिए बौद्धिक तौर पर तैयार था।

उन दिनों नागपुर में विद्रोही, रामकृष्ण श्रीवास्तव, प्रमोद वर्मा, श्रीकांत वर्मा आदि युवा कवि जिस तरह की कविता लिख रहे थे, वह 'दूसरा सप्तक',

'परिमल' और 'नयी कविता' पत्रिका द्वारा पोषित काव्य-मूल्यों की कविता से स्पष्टतः भिन्न थी। उनकी कविता का राजनैतिक स्वर भी मुखर था। इन युवा कवियों को मुक्तिबोध से वैचारिक समर्थन मिला। नयी कविता की परिमलीय धारा में, छायावादी सौंदर्यवाद में कविता के आत्म को समेट लेने का प्रयत्न ये कवि अपनी रचनाओं के ज़रिये कर रहे थे। प्रमोद वर्मा उन दिनों मुक्तिबोध के इन मित्र कवियों में से थे। उस दौर को याद करते हुए उन्होंने लिखा-

> "मुक्तिबोध को यह देखकर हैरानी हो रही थी कि नई कविता के नाम से प्रस्तुत छठे दशक की हिंदी कविता 'तार सप्तक' के मूलतः वामपंथी रुझान को काट-छाँटकर सौंदर्यपरक बनती जा रही है। ऐसा तो छायावाद के ज़माने में भी नहीं हुआ था। तो क्या यह सब उनके नव-स्वाधीन देश को अंतरराष्ट्रीय पूंजीवाद की गिरफ्त में रहे चले आने के लिए किया जा रहा है? उन्हें लगा कि लड़ाई मात्र कला मूल्यों की नहीं है।"[37]

कहने की ज़रूरत नहीं है कि मुक्तिबोध की दृष्टि में यह आर्थिक-सामाजिक परिस्थितियों से उपजे जीवन-मूल्यों की लड़ाई थी। उनके लिए इस लड़ाई को आगे बढ़ाने का दायित्व वहन करने के लिए समुचित माध्यम की आवश्यकता थी। सेठाश्रित पत्रिकाओं के ज़रिये यह लड़ाई नहीं लड़ी जा सकती थी। मुक्तिबोध ने इन प्रवृत्तियों से संघर्ष के लिए मित्रों की पत्रिकाओं को माध्यम बनाया। ये पत्रिकाएँ मध्यप्रदेश के युवा साहित्यकारों के संयुक्त उद्यम के रूप में थीं। 'वसुधा' में उन्होंने धारावाहिक 'एक साहित्यिक की डायरी' लिखी। डायरी में नयी कविता पर उनकी बहस है।

मुक्तिबोध काव्य में जनधर्मिता और स्पष्ट राजनीतिक चेतना के पक्षधर थे। अपने मित्रों की कविताएँ 'नया खून' में उन्होंने खूब छापीं। 'दूसरा सप्तक' के बाद की नयी कविता के अ-राजनीतिक स्वभाव के बरअक्स मुक्तिबोध 'नर्मदा की सुबह' के रूप में ठोस राजनीतिक कविता प्रस्तावित कर रहे थे। साथ ही मध्यप्रदेश की 'कहन-शैली' के चारित्रिक वैशिष्ट्य को हिंदी-जगत में प्रस्तुत करना चाहते थे। मध्यप्रदेश के युवा कवियों की प्रतिभा से मुक्तिबोध आशान्वित थे। अपने बीच ही 'उन्होंने अपनी आँखों से उन्हीं दिनों मध्यप्रदेश में अत्यंत उग्र प्रगतिशील कविता को पनपते देखा था। प्रगतिशील काव्य के

---

[37] प्रमोद वर्मा समग्र-4 : सं. विश्वरंजन, पृष्ठ 249

सौंदर्यपरक मूल्य अथवा नयी कविता के प्रगतिशील चरित्र की उनकी खोज यहीं से शुरू हुई। उन्होंने यहाँ के अल्प ख्यातिप्राप्त कवियों की रचनाओं में निराला स्वाद पाया और उनकी कविताएँ संकलित करने की योजना भी बना ली।'[38]

'वसुधा' के अलावा मुक्तिबोध ने नयी कविता की ह्रासमूलक व्यक्तिवादी धारा से संघर्ष के लिये 'नयी दिशा' पत्रिका का भी इस्तेमाल किया। 'नयी दिशा' श्रीकांत वर्मा और रामकृष्ण श्रीवास्तव के सम्पादन में बिलासपुर से निकली। दरअसल श्रीकांत के इस उद्यम के पीछे मुक्तिबोध की ही प्रेरणा थी। 'नयी दिशा' जब 1955 में निकली, तभी मुक्तिबोध के मन में मध्यप्रदेश के प्रगतिशील युवा कवियों के सहयोगी काव्य-संकलन के रूप में 'नर्मदा की सुबह' की योजना ने आकार लिया। 'नई दिशा' के पहले अंक में मुक्तिबोध ने उसे मध्यप्रदेश के कवियों का सहकारी साहित्यिक प्रयास बताया तथा श्रीकांत वर्मा और रामकृष्ण श्रीवास्तव के प्रयासों की सराहना करते हुए नोट लिखा, जिसमें उन्होंने 'नर्मदा की सुबह' की योजना की चर्चा की–

> "आगे चलकर, इसी सहकारिता के आधार पर, हम मध्यप्रदेश के प्रतिभा-सम्पन्न नये कवियों का एक संग्रह 'नर्मदा की सुबह' निकालने जा रहे हैं। इस संग्रह में नये कवियों की प्रतिनिधि प्रवृत्तियों को पाठकों के सम्मुख प्रस्तुत किया जायेगा। हमें आशा है कि ये संग्रह मध्यप्रदेश के नये कवियों की ऊँचाइयों और गहराइयों का वास्तविक प्रतिनिधित्व कर सकेगा।"[39]

ज़ाहिर है, 'नर्मदा की सुबह' का विचार मुक्तिबोध के मन में 1954-55 से पक रहा था। विद्रोही, प्रमोद वर्मा, श्रीकांत वर्मा, रामकृष्ण श्रीवास्तव आदि घनिष्ठ मित्रों से इस बारे में उन्होंने चर्चा की थी। 1956 आते-आते संकलित होने वाले कवियों की सूची को लगभग अंतिम रूप दिया जा चुका था। श्रीकांत वर्मा ने बिलासपुर से 5 जून, 1956 को लिखे पत्र में 'नर्मदा की सुबह' के लिए अपनी कुछ पूर्व-प्रकाशित और अप्रकाशित कविताएँ भेजने

---

[38] 'महागुरु मुक्तिबोध जुम्मा टैंक की सीढ़ियों पर' : कांतिकुमार जैन, पृष्ठ 269 (प्रमोद वर्मा द्वारा 1जून, 1972 को कांतिकुमार जैन को लिखे पत्र से)

[39] 'मुक्तिबोध रचनावली-5': सं. नेमिचंद्र जैन, पृष्ठ 81

का उल्लेख किया। मित्रों की प्रतिक्रियाएँ जानकर मुक्तिबोध को अपनी योजना के सफल होने की पूरी आशा थी। 'इसे लेकर वे बहुत उत्साहित थे। जहाँ जाते, इसकी चर्चा करते, मित्रों की राय पूछते और इसमें संकलित किए जाने वाले कवियों की सूची तैयार करते जाते।'[40]

'नर्मदा की सुबह' की योजना बनाते समय मुक्तिबोध के मन में निश्चय ही 'तार सप्तक' की संकल्पना, उसकी पृष्ठभूमि में उसका समूचा उद्यम और अनुभव था। यह मानने में दुविधा नहीं होनी चाहिये कि 'तार सप्तक' की तर्ज़ पर ही मुक्तिबोध ने 'नर्मदा की सुबह' की योजना बनायी थी। 'तार सप्तक' के पीछे मालवा अंचल के कवियों की उपेक्षा और युक्त प्रांत के लेखकों के वर्चस्व के बीच प्रकाशन के समुचित अवसर न मिलने की कचोट थी। 'नर्मदा की सुबह' की योजना के मूल में भी नयी कविता के परिदृश्य में मध्यप्रदेश के युवा कवियों के अचर्चित-उपेक्षित रह जाने का वही दंश था जो मुक्तिबोध को सालता था। स्वयं मुक्तिबोध तत्कालीन काव्य-परिदृश्य में हाशिये पर थे। 'वसुधा', और 'नयी दिशा' के प्रकाशन और 'नर्मदा की सुबह' की योजना के साथ प्रगतिशील साहित्य के 'विरोधियों से जूझने के लिए वे खुले मैदान में उतर आए थे। एकदम नये और अपरिचित कवियों के अटपटे किंतु तेजस्वी स्वर उनके आसपास हवा में लहरा रहे थे जिससे उनकी यह धारणा और पुष्ट हुई कि प्रगतिशील कविता मरी नहीं है, सिर्फ भूमिस्थ है।'[41] इन कवियों से हिंदी-संसार को परिचित कराने का उद्देश्य स्पष्ट था-हिंदी के तत्कालीन काव्य-रुझान को आत्मगत कृत्रिम मनोलोक से निकालकर यथार्थ-अनुभव के क्षेत्र में प्रतिस्थापित करना।

निस्संदेह 'नर्मदा की सुबह' को मुक्तिबोध 'तार सप्तक' की तरह सहयोगी काव्य-संकलन के रूप में निकालना चाहते थे। उसके स्वरूप के विषय में मुक्तिबोध की कल्पना 'तार सप्तक' की तरह के संकलन की थी। मूल योजनानुसार प्रत्येक कवि की चयनित कविताओं के साथ वक्तव्य और परिचय देना था। 'तार सप्तक' में भी ऐसा ही था।

यहाँ मैं इंदौर में 1935-36 के दौरान मुक्तिबोध और वीरेंद्र कुमार जैन के बीच हुई बातचीत के एक प्रसंग का उल्लेख करना चाहूँगा।

---

[40] 'महागुरु मुक्तिबोध जुम्मा टैंक की सीढ़ियों पर' : कांतिकुमार जैन, पृष्ठ 266

[41] प्रमोद वर्मा समग्र-4 : सं. विश्वरंजन, पृष्ठ 249

एक शाम वीरेंद्रकुमार जैन ने मुक्तिबोध की कविताओं पर बात करते हुए कुछ आलोचनात्मक टिप्पणी की। सुन कर मुक्तिबोध दु:खी हुए। उन्होंने कोई प्रतिक्रिया नहीं की। वीरेंद्रकुमार जैन ने उनकी मन:स्थिति की थाह पाने की कोशिश की। फिर अपने को संयत कर उन्होंने कहा–'पहली बार जब तुम्हारी कविताएँ मैंने सुनी थीं, तब यह देख कर मैं अभिभूत था कि तुमने आज की कविता का प्रचलित मुहावरा पा लिया है। तुम्हारे डिक्शन और शब्द-प्रयोग के कौशल से मैं हैरान हुआ। तुम आज की कविता के लिहाज से धारा में थे और इस दौर के कवियों का एक शिल्पगत मँजाव-संस्कार और मुहावरे को पा गए थे। सच कहूँ तो मुझे तुमसे ईर्ष्या हुई थी।[42] आगे वह बोले–'हिंदी के केंद्र से दूर मालवा-जैसे उपेक्षित अंचल में रह कर यदि हम हिंदी के ख्यात कवियों की टक्कर में खड़े हो पा रहे हैं, तो इसका कारण वह संवेदनात्मक और बौद्धिक ऊर्जा है, जिसे हमने परिश्रम के साथ अर्जित किया है। यह कुछ कम महत्त्वपूर्ण नहीं है। इसे बरकरार रखने के लिये हमें धारा में रहते हुए भी उससे अलग जाने का प्रयास करना होगा। वरना हम उपेक्षित ही रहेंगे।'[43] वीरेंद्र कुमार जैन ने अपना दर्द बयान किया–'हम जानते हैं कि पिछड़े प्रदेश मालवा में रहने के कारण हमें यथेष्ट प्रकाशन सुलभ नहीं है। संयुक्त प्रांत की पत्रिकाओं से अक्सर हमारी रचनाओं के बंडल लौट आया करते हैं।'[44] उन्होंने कहा कि हमें अपना अलग रास्ता बनाना ही होगा।

अलग रास्ता बनाने से वीरेन्द्रकुमार जैन का तात्पर्य एक सहयोगी काव्य-संकलन प्रकाशित करने से था। सम्भवत: 'तार सप्तक' के मूल में यही आरंभिक विचार था जो आगे चल कर शुजालपुर में एक मुकम्मल योजना में परिपक्व हुआ।

उत्तर प्रदेश से निकलने वाली पत्र-पत्रिकाओं में, तथा पुस्तक-प्रकाशन में, मालवा और मध्य भारत के लेखकों की उपेक्षा पर मित्रों के बीच बराबर चर्चा होती। शुजालपुर में इस पर मुक्तिबोध और नेमिचंद्र जैन के बीच गंभीर विचार-विमर्श हुआ। दोनों इस बात से सहमत थे कि अपने स्वतंत्र काव्य

---

[42] 'लक्षित मुक्तिबोध' : मोतीराम वर्मा (निवेदित साक्षात्कार : वीरेंद्र कुमार जैन), पृष्ठ 165

[43] 'लक्षित मुक्तिबोध' : मोतीराम वर्मा (निवेदित साक्षात्कार : वीरेंद्र कुमार जैन), पृष्ठ 165

[44] 'लक्षित मुक्तिबोध' : मोतीराम वर्मा (निवेदित साक्षात्कार : वीरेंद्र कुमार जैन), पृष्ठ 171

संकलन प्रकाशित कर इस उपेक्षा का सटीक प्रतिकार किया जा सकता है। आर्थिक अभाव के कारण भी प्रत्येक लेखक का स्वतंत्र काव्य-संग्रह प्रकाशित कर पाना कठिन था। इसलिए तय हुआ कि सहयोगी संकलन निकालना उचित होगा। तब से मुक्तिबोध के मन में हिंदी साहित्य के केंद्र में उत्तर भारत की वर्चस्वशाली उपस्थिति और उसके चलते शेष हिंदी क्षेत्र, विशेष तौर पर मध्यप्रदेश, की उपेक्षा की बात सुलग रही थी। इस उपेक्षा को वह नागपुर आने के बाद भी अनुभव कर रहे थे। यहाँ उपेक्षा का सन्दर्भ बदल गया था। 'तार सप्तक' की योजना के पहले मध्यभारत और मालवा के युवा साहित्यकार अपनी उपेक्षा के पीछे मुख्यत: क्षेत्रीयता के भाव को कारण मानते थे। 1955 के आसपास नागपुर में मुक्तिबोध क्षेत्रीय भावना की बजाय साहित्य में आधुनिकतावादी-व्यक्तिवादी प्रवृत्तियों के आधिपत्य के माहौल में प्रगतिवादी साहित्य की उपेक्षा का अनुभव करते थे। उपेक्षा का मुख्य कारण प्रगतिवादी साहित्यिक प्रवृत्ति की सायास अनदेखी था। मुक्तिबोध की समझ थी कि इसके पीछे शीतयुद्ध की सांस्कृतिक रणनीति काम कर रही थी।

निस्संदेह तब नयी कविता की व्यक्तिवादी प्रवृत्तियों के घटाटोप में प्रगतिवाद उपेक्षित हुआ था। उससे प्रेरित कवि उपेक्षित थे। परिदृश्य में उनकी मौजूदगी और महत्त्व को मुक्तिबोध रेखांकित करना चाहते थे। 1951 के बाद उभरी नयी काव्य-प्रवृत्ति पर वह लगातार नज़र रखे हुए थे। उसकी प्रतिगामी प्रकृति का परीक्षण करते हुए उन्होंने तब से लेकर आगे भी अपने लेखों-टिप्पणियों में निरंतर उस पर प्रहार किये। इस विषय पर उन्होंने नागपुर में रहते हुए 'आधुनिक काव्य की चिंताजनक स्थिति' (नया खून 1951), 'प्रयोगवाद' (अप्रकाशित), 'नयी कविता : एक दायित्व' (नयी दिशा, अक्टूबर, 1955) 'नयी कविता और आधुनिक भावबोध' (नये स्वर, अप्रैल, 1956), 'छायावाद और नयी कविता' 1955-56, 'हिंदी काव्य की नई धारा', 'नयी कविता की प्रकृति', आदि लेख लिखे।

निस्संदेह मध्यप्रदेश के ये उपेक्षित कवि प्रतिभाशाली थे। उनकी कविताएँ अपने विकास के प्रारंभिक दौर में थीं। लेकिन मुक्तिबोध को विश्वास था कि आगे चलकर ये कवि अपनी उद्दाम प्रतिभा के बल पर हिंदी कविता के नये क्षितिज खोलेंगे। 'नर्मदा की सुबह' के लिए उन्होंने जिन कवियों को संकलित करने का विचार किया था उनमें प्रमोद वर्मा, श्रीकांत वर्मा, शिवकुमार

श्रीवास्तव, श्रीकृष्ण अग्रवाल शशैलश, जीवनलाल वर्मा विद्रोही, रामकृष्ण श्रीवास्तव, अनिल कुमार', विपिन जोशी, हरि ठाकुर सम्मिलित थे। मुक्तिबोध अपने मित्रों से 'नर्मदा की सुबह' की योजना पर विचार-विमर्श करते थे।

प्रमोद वर्मा ने 'नर्मदा की सुबह' में प्रभात तिवारी और गुरुदेव कश्यप के नाम सम्मिलित करने का सुझाव दिया, लेकिन विद्रोही की दो टूक राय थी–'प्रभात तिवारी के नाम से मैं सहमत नहीं हूँ। एक तो उसने ऐसा कुछ नहीं लिखा है, दूसरे वह एब्नार्मल लगता है।' मुक्तिबोध ने अनिल कुमार से भी कवियों के चयन पर राय ली। मुक्तिबोध के पास 'विद्रोही' को छोड़कर अधिकतर कवियों की रचनाएँ आ चुकी थीं। उनमें से विपिन कुमार जोशी, प्रभात तिवारी और एकाध कवि की पांडुलिपियाँ उन्होंने अनिल कुमार को दी और प्रत्येक पर दो हफ्ते में अपनी स्पष्ट राय देने को कहा। सम्भवतः विपिन कुमार जोशी की कविताएँ उन्होंने रामकृष्ण श्रीवास्तव की मार्फत प्राप्त की थीं। विपिन कुमार जोशी ने अपनी कविताएँ रामकृष्ण श्रीवास्तव को भेजते हुए इटारसी से 28 फरवरी 1955 को पत्र लिखा था।

कांतिकुमार जैन ने अपनी पुस्तक 'महागुरु मुक्तिबोध जुम्मा टैंक की सीढ़ियों पर' के अंतिम अध्याय में 'नर्मदा की सुबह' का वृत्तांत प्रस्तुत करते हुए लिखा है कि इन कवियों में अनिल कुमार का नाम नहीं था। 'अनिल कुमार मुक्तिबोध के बहुत निकट थे, पर वे जब मुक्तिबोध के सम्पर्क में आए, तब तक 'नर्मदा की सुबह' की योजना बन ही नहीं चुकी थी, वह ठंडी भी पड़ गयी थी।' लेकिन श्री रमेश मुक्तिबोध के पास सुरक्षित 'नर्मदा की सुबह' की पांडुलिपि में अनिल कुमार की कविताएँ भी हैं। स्पष्ट है कि संकलन की योजना में मुक्तिबोध ने कवियों की अंतिम सूची में अनिल कुमार को भी शामिल किया था।

लेकिन इससे पहले कि मुक्तिबोध संकलित कविताओं पर विचार कर उनका चयन और सम्पादन कर पाते, मध्यप्रदेश का नक्शा बदल गया। प्रशासनिक उथलपुथल के साथ सांस्कृतिक परिदृश्य भी बदल गया।

नवंबर, 1956 में राज्य-पुनर्गठन की अफरातफरी के चलते नागपुर के सारे मित्र बिखर गए, स्वयं मुक्तिबोध का भोपाल तबादला हो गया जिसे ठुकरा कर उन्होंने 'नया खून' की संपादकीय ज़िम्मेदारी स्वीकार कर ली। 'नया खून' की व्यस्तता, पारिवारिक अस्थिरता के भय, आर्थिक स्रोत के लगभग सूख जाने और नागपुर से अन्यत्र नई नौकरी ढूँढने के तनाव के

चलते वह 'नर्मदा की सुबह' पर ध्यान नहीं दे पाए। तबादला मुक्तिबोध के लिये अप्रत्याशित संकट ले कर आया था। वह मानसिक रूप से अव्यवस्थित हो गये। उन परिस्थितियों में 'नर्मदा की सुबह' पर काम करना सम्भव नहीं रह गया। मुक्तिबोध रेडियो की अस्थायी नौकरी में थे। फिर भी इस नौकरी में उन्हें किसी हद तक आर्थिक निश्चिंतता थी। थोड़ी कठिनाई से ही सही, गुजारा हो जाता था। 'नया खून' में स्वामी कृष्णानद 'सोखता' ने उन्हें आर्थिक सुरक्षा का आश्वासन दिया था, लेकिन वह अपना वादा निभा नहीं पा रहे थे। मुक्तिबोध घनघोर आर्थिक असुरक्षा और तंगी में आ गये। कोई और नौकरी ढूँढने के लिए बेताब थे। नेमिचन्द्र जैन और श्रीकांत वर्मा उन्हें दिल्ली बुला रहे थे। लेकिन मुक्तिबोध अनिर्णय की स्थिति में थे। दिल्ली उन्हें अपनी ओर खींच नहीं पाती थी। वह नागपुर छोड़ना भी नहीं चाहते थे। मगर और कोई विल्कप नहीं था। भाऊ समर्थ को छोड़ कर लगभग तमाम साथी नागपुर से जा चुके थे। मुक्तिबोध तनाव और उलझन में थे। आजीविका की समुचित व्यवस्था को ले कर बेहद चिंतित थे। ऐसी स्थिति में 'नर्मदा की सुबह' के बारे में सोचना ही मुश्किल था।

अक्टूबर 1957 में मुक्तिबोध अकोला गये, जहाँ नागपुर के मित्र रामकृष्ण श्रीवास्तव अध्यापक हो गए थे। अकोला में कवि सम्मेलन और साहित्य परिषद का आयोजन था। मुक्तिबोध को साहित्य परिषद के सिलसिले में बुलाया गया था। वहाँ कवि सम्मेलन में 'विद्रोही' और शिवकुमार श्रीवास्तव भी आमंत्रित थे। सभी मित्रों से मुलाकात हुई। 'नर्मदा की सुबह' के विषय में भी बात हुई। सभी उत्साहित थे। मित्रगण चाहते थे कि 'नर्मदा की सुबह' यथाशीघ्र प्रकाशित हो। लेकिन मुक्तिबोध उलझे हुए थे।

अकोला-यात्रा के बारे में मुक्तिबोध ने 18 अक्टूबर, 1957 को पत्र लिखकर प्रमोद वर्मा को बताया कि "नर्मदा की सुबह' के बारे में आपकी बात बिल्कुल ठीक है। उनकी राय भी आपकी जैसी ही है। लेकिन मैं ढीला पड़ गया हूँ।"[45] आजीविका के प्रश्न को ले कर मुक्तिबोध इस कदर उलझे हुए थे कि 'नर्मदा की सुबह' के बारे में सोचने की फुर्सत ही न रही। बाद में 1958 के मध्य में दिग्विजय महाविद्यालय, राजनांदगाँव में आ जाने पर अपनी अधूरी रचनाओं को पूरा करने में जुट गये। 'नर्मदा की सुबह के बारे में सोचने का अवकाश ही नहीं मिला। इस तरह' योजना का अंत हुआ।

[45] 'मुक्तिबोध समग्र-7' : सं. नेमिचंद्र जैन, पृष्ठ 489

हिंदी के प्रतिष्ठित लेखकों से मुक्तिबोध के निजी संबंध-संपर्क तो थे। लेकिन उनमें प्रबंध-कौशल का अभाव था। वह अच्छे संगठनकर्त्ता भी नहीं थे। उन्होंने 'नर्मदा की सुबह' के प्रकाशन की योजना तो बना ली लेकिन उसे क्रियान्वित करने के बारे में विचार नहीं किया, न ही किसी प्रकाशक से उनकी बात हो पाई थी। स्वयं अपने कविता-संग्रह के प्रकाशन में भी वह सफल नहीं हो पाए थे। वात्स्यायन की तरह उनका संगठक व्यक्तित्त्व होता तो 'नर्मदा की सुबह' निकल सकी होती और मध्यप्रदेश के ऊर्जावान कवियों की प्रगतिशील काव्य-चेतना की ओर हिंदी-जगत का ध्यान जाता। शायद तब नयी कविता का सशक्त प्रतिपक्ष सामने आता और उस दौर में उसकी केंद्रीयता टूटती। संभव है, हिंदी कविता का इतिहास तब कुछ और दिशा अख़्तियार करता जैसा कि कांतिकुमार जैन का दावा है।

मुक्तिबोध को संभवतः विश्वास था कि 'तार सप्तक' के प्रकाशन के साथ जिस तरह से हिंदी कविता की दिशा और प्रकृति बदल गई थी, वैसे ही 'नर्मदा की सुबह' के प्रकाशन के फलस्वरूप नयी कविता की धारा बदल जायेगी। यदि यह हो सका होता तो निजी कुंठा और पीड़ा के आत्मवादी सौंदर्य तथा अनुभव की प्रामाणिकता और लघुमानववाद के दर्शन की शरण में जाने की बजाए हिंदी कविता संघर्षरत मनुष्य के जीवनानुभव से अनुप्राणित प्रगतिशील कविता के रूप में अधिक सुदृढ़ होकर उभरती, और 'नर्मदा की सुबह' के कवियों का सशक्त स्वर पांडुलिपि में दफ्न होकर न रह जाता।

अज्ञेय, परिमल और नयी कविता का तीसरा रास्ता

यह ठीक है कि 'नर्मदा की सुबह' की योजना को 'दूसरा सप्तक' की प्रतिक्रिया के तौर पर देखा जाये। 'दूसरा सप्तक' का संपादक होने के नाते सहज ही माना जा सकता है कि अज्ञेय हिंदी कविता में व्यक्तिवादी आधुनिकता के प्रवर्त्तक के रूप में और नेतृत्वकारी भूमिका में थे। शीतयुद्ध के माहौल और उसकी पृष्ठभूमि में कांग्रेस फॉर कल्चरल फ्रीडम के ज़रिए भारत के सांस्कृतिक वृत्त में अमेरिकी पूंजीवाद के हस्तक्षेप और इस संस्था से अज्ञेय के जुड़ाव को देखते हुए यह निराधार भी नहीं जान पड़ता। 'दूसरा सप्तक' के प्रकाशित होने और उसके बाद मुक्तिबोध के मन में 'नर्मदा की सुबह' के प्रकाशन के विचार को उनके बौद्धिक प्रतिवाद के तौर पर भी देखा जाना स्वाभाविक है। 'दूसरा सप्तक' के बाद के दौर में हिंदी कविता ने जो

नया रास्ता लिया था, मुक्तिबोध निरंतर उस पर बहस करते रहे। 'परिमल' और प्रगतिशील लेखक संघ की गोष्ठियों में हिंदी कविता पर इस बहस ने आधुनिकतावाद बनाम प्रगतिवाद के द्वंद्व का रूप ले लिया था। लेकिन मुक्तिबोध के निधन के बाद आगे चल कर यह बहस अज्ञेय बनाम मुक्तिबोध के द्वंद्व में बदल गयी। दिलचस्प है कि नयी कविता की आधुनिकतावादी प्रवृत्तियों से बहस करते हुए मुक्तिबोध ने अनेक लेख लिखे, लेकिन एक बार भी अज्ञेय के नाम का उल्लेख नहीं किया। 1954 में 'नयी कविता' पत्रिका शुरू हो चुकी थी, और 1957 में लक्ष्मीकांत वर्मा की 'नयी कविता के प्रतिमान' प्रकाशित हुई थी जिसमें प्रगतिवाद पर आक्षेप किये गये थे। 'नयी कविता' पत्रिका के सम्पादकीय वक्तव्यों में जगदीश गुप्त छायावाद और प्रगतिवाद पर आक्रमण कर रहे थे। नयी कविता की आधुनिकतावादी प्रवृत्ति अज्ञेय और 'दूसरा सप्तक' द्वारा समर्थित थी, लेकिन उसका वास्तविक नेतृत्व जल्द ही परिमलवादियों और 'नयी कविता' पत्रिका के हाथों में आ चुका था। मुक्तिबोध के मित्र प्रमोद वर्मा ने अज्ञेय और मुक्तिबोध दोनों को एक ही मार्ग के सहयात्री माना है जिनका अंतर्विरोध आधुनिकतावाद की परिमलीय विचारधारा से था। प्रमोद वर्मा ने लिखा है–'अज्ञेय और मुक्तिबोध एक-दूसरे के विलोम माने जाते हैं जबकि वस्तुतः ये दोनों कबीर और तुलसी या निराला और प्रसाद की तरह अपने समय के काव्य की दो समानांतर प्रवृत्तियों का प्रतिनिधित्व करते हैं। समानान्तरता, विशेषतः साहित्य में परस्पर विरोधी न होकर एक-दूसरे की पूरक होती है।'[46] आगे उन्होंने लिखा है–"अतिरंजना और विवरण का कवि कहते और उन पर अनियोजित वक्तव्य का आरोप लगाते घनघोर आधुनिकतावादियों को मुक्तिबोध की ही नहीं, वरन अज्ञेय की गंभीर लगती अभिजात्य शब्दावली और शालीन और अति साहित्यिक लगती बनावटी भाषा-प्रयोग से भी कम शिकायत नहीं थी। आधुनिकतावादी नयी कविता ने अपनी मुक्ति, परंपरा को अस्वीकृत करने में देखी थी जिसका मुक्तिबोध और अज्ञेय दोनों ने ही अपने ढंग से विरोध किया था।"[47]

परम्परा के अस्वीकार में मनुष्य और स्वयं की मुक्ति की तलाश करती आधुनिकता से प्रमोद वर्मा का आशय निश्चय ही 'दूसरा सप्तक' के बाद की नयी कविता की आधुनिकता से है। इस आधुनिकतावाद के गुणकर्म को

---

[46] प्रमोद वर्मा समग्र-2 (संपादक विश्वरंजन), पृष्ठ 241

[47] वही, पृष्ठ 241

समझने के क्रम में प्रमोद वर्मा ने धर्म के बहिष्कार, नयेपन की अंधी खोज, मानवीय अनुशासन की कमी और मनुष्य की परिभाषाविहीन और निराकार उपस्थिति को मुक्तिबोध के हवाले से उसका लक्षण माना है। मुक्तिबोध ने लिखा है–'बाप दादों की संचित कमाई, धर्म-भावना, को हमने ठीकरा समझ कर फेंक दिया लेकिन खुद कुछ कमाया नहीं। व्यापक सर्वतोमुखी मानवी अनुशासन की हार्दिक सिद्धि के बिना हम नया-नया चिल्ला तो उठे लेकिन नया जीवन, नये मान मूल्य, नया इंसान परिभाषाहीन और निराकार हो गए।'

अज्ञेय के संदर्भ में प्रमोद वर्मा ने लिखा है–"इधर अज्ञेय को भी 'सबसे पुरानी सांस्कृतिक रूढ़ि' भाषा के सहारे परम्परा से मुक्ति का दावा करते आधुनिक एक रूढ़ि को अस्वीकार कर अन्यान्य रूढ़ियों में बँधने लगते हैं जबकि कवि की 'एकमात्र सार्थक सम्भाव्य मुक्ति' भाषा से निर्विशेष भाव से सम्पूर्णतः आबद्ध होते चलने की प्रक्रिया में हो सकती है। वास्तविकता से कविता के घनिष्ठ सम्बद्धता के बावजूद 'कविता की वास्तविकता को स्थूल जीवन की वास्तविकता या उसकी प्रतिस्थानीय भी' मानने से इनकार करते अज्ञेय यहाँ आकर आधुनिकतावादियों से पूरी तरह अलग हो जाते हैं। क्या बहुत कुछ मुक्तिबोध की ही तरह नहीं?"[48]

ज़ाहिर है, 1954 के बाद अज्ञेय और नयी कविता के नये ध्वजवाहकों के बीच तालमेल कहीं-न-कहीं गड़बड़ा गया था। अज्ञेय को 'नयी कविता का शलाका पुरुष'[49] मानने के बावजूद नयी कविता के आधुनिकों का रास्ता अज्ञेय से भिन्न था। यहाँ नयी कविता और अज्ञेय के संबंधों को समझने के लिए 'नयी कविता और अस्तित्ववाद' में रामविलास शर्मा के कथन को उद्धृत करना अनुचित नहीं होगा। 'नई कविता' के दूसरे अंक में प्रकाशित उनकी कविता 'नयी कविता : सम्भाव्य भूमिका' के आरंभिक अंशों को उन्होंने उद्धरित किया है–

अपने दस वर्ष हमें और दिए....

---

[48] वही, पृष्ठ 241

[49] वे स्वयं भले ही कहें कि नयी कविता ने द्विवेदी युग के गुप्त जी और छायावाद के निराला की तरह कोई 'शलाका पुरुष' पैदा नहीं किया, परन्तु मैं उन्हें निस्संकोच नयी कविता का 'शलाका पुरुष' कह सकता हूँ–जगदीश गुप्त (नयी कविता (सैद्धांतिक पक्ष) : सम्पादक जगदीश गुप्त, रामस्वरूप चतुर्वेदी, विजय देवनारायण साही, पृष्ठ 50)

हमें डर नहीं लगता कि उखाड़ न जावें कहीं
हमारे पाए सत्य के मसीहा तो
हमारे मरते ही बंधु आप बन जाएँगे।

आगे रामविलास जी ने लिखा है–"स्पष्ट ही अज्ञेय नई कविता के सूत्रधारों से आश्वस्त न थे। 'तार सप्तक' के संपादकीय का विनम्र 'इन पंक्तियों का लेखक' 'दूसरे सप्तक' की भूमिका में 'हम वादी नहीं रहे, नहीं हैं' की भूमि पर पहुँच गया था। इधर नई कविता के सूत्रधार उसे क्रमशः प्रयोगवाद से अलग करते जा रहे थे। अज्ञेय ने देखा कि नयी कविता की संभाव्य भूमिका पर उन्होंने जो कुछ भी लिखा था लोग उसका अर्थ नहीं समझे तब उन्होंने और स्पष्ट स्वरों में कहा–

आ, तू आ,
हाँ, आ,
मेरे पैरों की छाप-छाप पर रखता पैर
मिटाता उसे
मुझे मुँह-भर गाली देता
आ, तू आ!...
जयी, युग-नेता, पथ-प्रवर्तक
आ, तू आ,
ओ गतानुगामी!"[50]

इसी संदर्भ में यानी नये कवि को संबोधित अज्ञेय की दो और कविताओं–'नया कवि : आत्मस्वीकार' और नया कवि : आत्मोपदेश'–की पंक्तियाँ रामविलासजी ने उद्धृत की हैं जो आगे 'कल्पना' के दो अंकों में प्रकाशित हुई थीं। फिर उन्होंने इन कविताओं की प्रतिक्रिया-स्वरूप नये कवि का धैर्य छूट जाने और उसके प्रतिवाद का उल्लेख किया है जिसमें नये कवि राजेन्द्र किशोर ने लिखा–

हमें प्रतीक्षा न थी तुम्हारे आवाहन की
हम आये आवाहन के पूर्व ही

---

[50] नयी कविता और अस्तित्ववाद : रामविलास शर्मा, पृष्ठ 35

नये भिन्न पथ से, जो तुम्हें अज्ञात था
हमने नहीं रखे चरण तुम्हारे पदचिह्नों पर
हमने तुम्हें गाली नहीं दी, तुम्हें खंडित नहीं किया
आह! यह हमारा दोष नहीं था कि
सूर्य की तरह अभिमानी होकर भी
तुम असमय अस्त हो गए।

इस प्रसंग का उल्लेख जगदीश गुप्त ने भी अज्ञेय की कविता की पंक्तियाँ उद्धृत करते हुए 'नयी कविता' पत्रिका के सम्पादकीय में किया। उन्होंने अज्ञेय की कविताओं में नये कवियों के प्रति उनके क्षोभ और आक्रोश को रेखांकित किया और राजेंद्र किशोर की प्रतिक्रिया को स्वाभाविक बताया। अज्ञेय की कविता के संदर्भ में उन्होंने लिखा–'कविता में नये कवि मात्र के स्वाभिमान पर सदा-सदा के लिए सगर्व चोट की गयी है।'[51]

जगदीश गुप्त 'नयी कविता' पत्रिका के सम्पादक और नयी कविता के सिद्धांतकार थे। 'नयी कविता' पत्रिका में 'नये कवि का व्यक्तित्व और अज्ञेय जी' शीर्षक सम्पादकीय टिप्पणी में उन्होंने अज्ञेय के प्रति पूर्ण सम्मान व्यक्त करते हुए नयी कविता के उनसे भिन्न मार्ग पर चले जाने का ऐलान किया। नये कवि को सम्बोधित अज्ञेय की कविताओं का जिक्र करते हुए जगदीश गुप्त ने लिखा–

"सबसे महत्वपूर्ण बात यह है कि 'तीसरा सप्तक' के संकलनकर्ता और संपादक अज्ञेय द्वारा लिखित भूमिका में जो विचार 'नयी कविता' और 'नये कवि' के विषय में व्यक्त किए गए हैं उनसे न केवल इस कविता का स्वर टकराता है, वरन कुछ अंशों तक उसका खंडन भी करता है।"[52]

इसी सम्पादकीय में जगदीश गुप्त ने यह भी लिखा कि नयी कविता अज्ञेय की अनुगामिनी नहीं है। अगर बात हल्की न लगे तो कहने में हर्ज नहीं कि नयी कविता में 1954 के बाद अज्ञेय की भूमिका लगभग वही रह

---

[51] https://www.jagdishgupt.com/upload/books/nayi-kavita-latest-36269630.pdf

[52] नयी कविता (सैद्धांतिक पक्ष) : सम्पादक जगदीश गुप्त, रामस्वरूप चतुर्वेदी, विजय देवनारायण साही, पृष्ठ 50

गयी थी जो 2014 के बाद भारतीय जनता पार्टी में लालकृष्ण आडवाणी की। जगदीश गुप्त ने यह भी स्पष्ट लिखा–

> 'आज की नई कविता किसी व्यक्ति विशेष की ही प्रेरणा से उद्‌भूत न होकर युग विशेष की आवश्यकता से उद्‌भूत है। युग की आवश्यकता किसी के समर्थ व्यक्तित्व का निषेध करके नहीं चलती। वह स्वयं इतनी व्यापक होती है कि बड़े-से-बड़ा व्यक्तित्व उसमें सहज समाहित होकर अपना उचित स्थान पा लेता है। यह बात कहने में मुझे संकोच नहीं है कि अज्ञेय जी से सर्वाधिक प्रेरणा पाने के बाद भी नयी कविता अब केवल उनके चरण चिह्नों की अनुवर्तिनी नहीं कहीं जा सकती।'[53]

दरअसल कुछ प्रयोगवादी मान्यताओं से असहमतियाँ व्यक्त कर नयी कविता नाम से एक नया आंदोलन खड़ा करने के प्रयत्नों से अज्ञेय आहत हुए थे। नये कवि को सम्बोधित उनकी कविताएँ–'नयी कविता : संभाव्य भूमिका', 'नया-कवि : आत्म स्वीकार' और 'नए कवि : आत्मोपदेश'–संभवतः इसी का परिणाम था। नयी कविता के भीतर इस तरह दो खेमे बन रहे थे। इस संदर्भ में रामविलास शर्मा के इस कथन पर ग़ौर किया जाना चाहिए–"स्पष्ट ही अज्ञेय नयी कविता के सूत्रधारों से आश्वस्त न थे। ... इधर नयी कविता के सूत्रधार उसे क्रमशः प्रयोगवाद से अलग करते जा रहे थे। ... अज्ञेय ने सन् 37 में निराला के लिए जो लिखा था–'ऐज ए लिटररी फोर्स, ऐट एनी रेट, निराला इस आलरेडी डेड', वही बात सन '61 की पीढ़ी ने अज्ञेय के लिए दुहराई।"[54]

'नयी कविता' पत्रिका और 'परिमल' का रास्ता अज्ञेय के रास्ते से अलग हो चुका था। लेकिन नयी कविता का एक तीसरा रास्ता भी था जिस पर चलने का आग्रह मुक्तिबोध कर रहे थे। मुक्तिबोध नयी कविता को प्रगतिवाद के स्वाभाविक विकास के रूप में अग्रसर होते देखना चाहते थे और इस रूप में अपनी पहचान के लिए संघर्षरत थे। मुक्तिबोध का आलोचनात्मक संघर्ष नयी कविता की प्रगतिशील भूमिका को क़ायम रखने और उसके भीतर लुप्त हो रहे राजनीतिक स्वर को सहेजने का संघर्ष है। 'नयी कविता

---

[53] https://www.jagdishgupt.com/upload/books/nayi-kavita-latest-36269630.pdf

[54] नयी कविता और अस्तित्ववाद : रामविलास शर्मा, पृष्ठ 36

का आत्मसंघर्ष' के निबंध इसकी पुष्टि करते हैं। प्रमोद वर्मा, श्रीकांत वर्मा आदि नागपुर के उनके मित्र कवि इस संघर्ष में उनके साथ थे। यह संघर्ष सिर्फ कविता की ज़मीन तक सीमित नहीं था। उसका क्षेत्र समूची साहित्यिक संस्कृति तक विस्तृत था। 'वसुधा' में 'एक साहित्यिक की डायरी' के ज़रिये अथवा 'नयी दिशा' और 'कृति' में टिप्पणियाँ लिख कर मुक्तिबोध यही लड़ाई लड़ रहे थे। समझा जा सकता है कि 'नर्मदा की सुबह' इसी लड़ाई के एक नये मोर्चे के लिए रची गयी रणनीति थी।

'नर्मदा की सुबह' प्रकाशित न हो सका लेकिन मुक्तिबोध का संघर्ष जारी रहा। यह संघर्ष नयी कविता की ह्रासगामी व्यक्तिवादी प्रवृत्तियों–अज्ञेय वाली और परिमलवादी धाराओं–के अलावा नयी कविता-विरोधी जड़ प्रगतिवाद से भी था।

उन्होंने प्रगतिशील जीवन-दृष्टि को जो अपनाया तो उसके प्रति सदैव निष्ठावान रहे–अंधभक्त की तरह नहीं, तर्क की कसौटी पर रखकर उस पर विश्वास किया। इसलिए 1963 में 'तार सप्तक' के दूसरे संस्करण के लिए लिखे गए अप्रकाशित वक्तव्य में, और अन्य अवसरों पर भी उन्होंने नयी कविता की पतनशील प्रवृत्तियों और हिंदी की प्रगतिशीलता-विरोधी काव्यधारा का जमकर प्रतिवाद किया। नामवर सिंह और श्रीकांत वर्मा को छोड़कर इस संघर्ष में दृढ़ता से कोई और उनका साथ नहीं दे रहा था। रामविलास शर्मा नयी कविता के विरोधी थे लेकिन उसके अंदर मौजूद प्रगतिशील चेतना को रेखांकित और पोषित करने की बजाए उन्होंने उसके प्रति निपट उच्छेदवादी रवैया अपनाया और उसके प्रगतिशील पक्ष की भी आलोचना की। मुक्तिबोध ने कम्युनिस्ट पार्टी के महासचिव श्रीपाद अमृत डांगे को लिखे पत्र में प्रगतिशील आलोचकों द्वारा नयी कविता के भीतर उभरते प्रगतिशील दृष्टिकोण की अवहेलना किए जाने की शिकायत भी की थी। मुक्तिबोध इस तरह दोनों शिविरों में अलग-थलग पड़ गये थे। इधर 'तार सप्तक' के प्रगतिशील साथियों ने भी किनारा कर लिया था। नेमिचंद्र जैन, भारतभूषण अग्रवाल धीरे-धीरे वैचारिक स्तर पर प्रगतिशील विचारधारा से दूर और नयी कविता की व्यक्तिवादी भावधारा के करीब जा चुके थे। 'तार सप्तक' के कवियों में मुक्तिबोध अकेले थे जो 1960 के बाद भी मार्क्सवाद को एक जीवन-दृष्टि मानकर सृजनरत थे।

यह संकलन

'नर्मदा की सुबह' की पांडुलिपि 1956-57 से मुक्तिबोध की संदूक में बंद रही। इसमें वह अपनी अधूरी 'अंडर रिपेअर' रचनाओं को सहेज कर रखते थे। उनके निधन के बाद उनके सुपुत्र रमेश मुक्तिबोध ने संदूक में बंद उनकी सारी रचनाओं को सुरक्षित रखा। उसमें से ज़्यादातर सामग्री अब प्रकाशित हो चुकी है। नेमिचन्द्र जैन के सम्पादन में 1980 में निकली 'मुक्तिबोध रचनावली' (छह खण्ड) के बाद 2020 में शेष रचनाएँ 'मुक्तिबोध समग्र' (आठ खण्ड) में आ चुकी हैं। लेकिन 'नर्मदा की सुबह' अब तक अप्रकाशित रही। अब जा कर यह प्रकाशित हो पा रही है। ज़ाहिर है, इसके प्रकाशन का पूरा श्रेय रमेश मुक्तिबोध को है जिन्होंने पिछले लगभग सात दशकों से उसे जतन से सुरक्षित सँभाल कर रखा है। इन वर्षों में काग़ज़ पीले-पुराने पड़ गए हैं। मगर समय के प्रहार से जर्जर होने के बावजूद उन्हें बचाये रखा है। इस बीच लंबा समय बीत गया है। इसके प्रकाशन का शायद अब ऐतिहासिक महत्त्व ही रह गया है। फिर भी आशा है, हिंदी कविता के पाठकों और उसके अध्येताओं की रुचि उस दौर के साहित्य के भीतर वैचारिक संघर्ष को समझने की दृष्टि से उसमें जरूर होगी। 'नर्मदा की सुबह' के प्रकाशन से पिछली सदी के साठ के दशक में नयी कविता का वैकल्पिक परिदृश्य—जो तब एक संभावना था और सच होते-होते रह गया, आज इतिहास के अँधेरे में खो गया है—क्षण-भर के लिये ही सही, बिजली की कौंध-जितनी भी उजागर हो सके तो यही उसकी सार्थकता होगी।

मुक्तिबोध को 'नर्मदा की सुबह' की पांडुलिपि को ठीक तरह से देखने-परखने और सम्पादित करने का अवकाश ही नहीं मिल सका। अगर मिला होता तो कह पाना कठिन है कि उसका अंतिम स्वरूप क्या होता। निश्चय ही अनेक कविताओं को वह काटते-छाँटते, कुछ को शामिल ही नहीं करते। सम्भव है, कुछ कवियों को भी वह शामिल न करते। संभवत: किसी और कवि को शामिल करते। मुक्तिबोध के नागपुर के दौर के जीवन पर लिखी अपनी पुस्तक 'महागुरु मुक्तिबोध : जुम्मा टैंक की सीढ़ियों पर' में कांतिकुमार जैन ने अनिल कुमार द्वारा उन्हें लिखे एक निजी पत्र के हवाले से मुक्तिबोध के बारे में कहा है कि 'वे कुछ कमज़ोर कवियों को छाँटना चाहते थे जो नये काव्य के निकट नहीं थे तथा जिनका वैचारिक पथ

और राजनीतिक दृष्टि साफ़ नहीं थी।'[55] दरअसल मुक्तिबोध ने जिन कवियों को संकलन में शामिल होने के लिए आमंत्रित किया था, उन्होंने अपनी श्रेष्ठ रचनाएँ चुन कर भेजी थीं। उनमें से संकलन-योग्य रचनाओं को चुनना सम्पादक का कार्य था जिसे परिस्थितिवश मुक्तिबोध कर न पाये। निश्चय ही वह श्रेष्ठ रचनाओं का चयन कर तत्कालीन परिदृश्य में उनके महत्त्व को प्रकट करते हुए एक अर्थपूर्ण सम्पादकीय लिखते। यदि उन्होंने पांडुलिपि में मौजूद समस्त कविताओं में से संकलन-योग्य रचनाओं का चयन कर लिया होता तो उनके मन में मौजूद तत्कालीन युवा कविता की झलक मिलती और नयी कविता का वैकल्पिक परिदृश्य उजागर होता।

ज़ाहिर है, इस संकलन के प्रकाशन के पूर्व रमेश मुक्तिबोध के पास उपलब्ध पांडुलिपि में से कविताओं का चयन करना–मुक्तिबोध के अधूरे काम को पूरा करना–बेहद कठिन था। 2017-18 में आलोचक डॉ. राजेंद्र मिश्र ने परिश्रमपूर्वक पांडुलिपि का अध्ययन कर कुछ कविताओं को चुना। मिश्रजी कविता के संवेदनशील पाठक और गंभीर आलोचक थे। उनके द्वारा चयनित कविताओं में कुछ और कविताएँ शामिल कर यह संकलन तैयार किया गया है। विश्वास है, इस चयन पर हिंदी के काव्य-प्रेमी पाठक आश्वस्त होंगे। ध्यान रहे कि इस संकलन में चयनित कविताओं की एक सीमा यह भी है कि ये 1950 के बाद के युवा कवियों की प्रायः आरम्भिक रचनाएँ हैं। 1954-55 में जब 'नर्मदा की सुबह' के प्रकाशन का विचार आया, जीवनलाल वर्मा 'विद्रोही' 40 वर्ष के थे। प्रमोद वर्मा 24 वर्ष के, श्रीकांत वर्मा 23 वर्ष के थे, और सतीश चौबे तो 20 वर्ष के ही थे (जब रायपुर में 'महाकौशल' की अख़बारनवीसी छोड़ कर मध्यप्रदेश के सूचना-प्रकाशन विभाग में विद्रोही जी के सहायक हो कर आये थे, मुक्तिबोध से संपर्क के बाद कविताएँ लिखना शुरू किया था और यक्ष्माग्रस्त हो कर 1956 में संसार छोड़ कर चले गये। मुक्तिबोध 'नर्मदा की सुबह' के लिये सतीश चौबे से कविताएँ माँग भी न पाये थे। वह जीवित रहते तो निश्चय ही मुक्तिबोध इस संकलन में उनकी कविताएँ शामिल करते।) विद्रोही को छोड़ दें तो शेष सभी कवि 25 वर्ष के आसपास की आयु के थे और अपने निर्माण की प्रक्रिया में थे। उनकी अभिव्यक्ति में अनगढ़ता अस्वाभाविक नहीं है। लेकिन उनकी कविताओं की संवेदनात्मक और वैचारिक परिपक्वता प्रकट है।

---

[55] महागुरु मुक्तिबोध : जुम्मा टैंक की सीढ़ियों पर : कांतिकुमार जैन, पृष्ठ 267

आज जब वह दौर इतिहास बन गया है, इस संकलन में शामिल कविताएँ ही नहीं, उस दौर की कविताएँ यानी नयी कविता भी अब पुरानी पड़ गयी है। सम्भव है, उन दिनों इन कविताओं में विद्यमान ताज़गी उस दौर में अधिक मुखर जान पड़ती। 'नर्मदा की सुबह' में शामिल इन कविताओं को तब की नयी कविता की वर्चस्वशील धारा–व्यक्तिवादी आत्मपरक कविता–से मिला कर पढ़ना होगा। तब इनकी रचनात्मक ऊर्जा की अनदेखी शायद सम्भव नहीं होगी।

श्रीकांत वर्मा ने 'नर्मदा की सुबह' के लिए मुक्तिबोध को कुल 31 कविताएँ भेजी थीं। ये उनकी आरंभिक कविताएँ थीं जो 1953-55 के बीच लिखी गयी थीं। 1957 में प्रकाशित उनके प्रथम काव्य संकलन 'भटका मेघ' में इनमें से कुछ कविताएँ संकलित हैं। उन कविताओं को इस संकलन में सम्मिलित नहीं किया गया है। उन्होंने बिलासपुर से अपनी कविताएँ 5 जून, 1956 को गणेशपेठ, नागपुर के पते पर मुक्तिबोध को भेजी थीं। लिफाफे पर इसी तारीख की मुहर है। स्पष्ट है, 1956 के मध्य तक 'नर्मदा की सुबह' के लिये मुक्तिबोध को रचनाएँ प्राप्त होती रहीं। छह महीने बाद नवम्बर, 1956 में राज्यों के पुनर्गठन और भोपाल स्थानांतरण के कारण मुक्तिबोध का मानसिक और पारिवारिक जीवन अस्थिर हो उठा। प्रांत-विभाजन की पृष्ठभूमि जून में ही बन चुकी थी। तब से ही वह चिंतित थे। 'नर्मदा की सुबह' पर उनका ध्यान स्वाभाविक तौर पर एकाग्र न रह सका होगा।

प्रमोद वर्मा ने कांतिकुमार जैन को लिखा था–"मुक्तिबोध ने 'नर्मदा की सुबह' में मुझे भी शामिल किया था। मेरी आरंभिक कविताओं में 'नार्सिसस : रात के स्वर', 'छाया और झाँई से परे', 'अपने मित्र से' इत्यादि काफी पसंद थीं। 'दंडकवन' कविता तो उन्होंने ही 'हंस' में प्रकाशनार्थ भेजी थी। बाद में 'उदासी का मूड' और 'शरद पूनो की रात', 'चांदनी दुख और व्यक्तित्व' इत्यादि अनेक कविताएँ उन्हें अच्छी लगी थीं।"[56] प्रमोद वर्मा ने मुक्तिबोध को जो कविताएँ भेजी थीं, उनमें से 'नर्मदा की सुबह' की पांडुलिपि में इनमें से 'नार्सिसस', 'छाया और झाँई से परे' मौजूद थीं। लिहाजा, इन्हें इस संकलन में शामिल किया गया है।

श्रीकांत वर्मा और विपिन जोशी ने संकलन के लिये अपने संक्षिप्त

---

[56] महागुरु मुक्तिबोध जुम्मा टैंक की सीढ़ियों पर : कांतिकुमार जैन, पृष्ठ 270 (प्रमोद वर्मा द्वारा कांतिकुमार जैन को लिखे पत्र से)

परिचयात्मक वक्तव्य भेजे थे जिन्हें यहाँ दिया जा रहा है। अनिल कुमार ने भी वक्तव्य भेजा था लेकिन पांडुलिपि में वह खंडित रूप में मिला। फिर भी काग़ज़ का जितना हिस्सा गलने से बचा रह गया, उसे यहाँ दिया जा रहा है। बाकी कवियों के वक्तव्य पांडुलिपि में नहीं मिले। जीवनलाल वर्मा 'विद्रोही' की कविता पर मुक्तिबोध का मंतव्य और विद्रोहीजी का वक्तव्य उनके कविता-संग्रह से उद्धृत किया जा रहा है, ताकि उनकी काव्य-प्रकृति का अंदाजा हो सके। श्रीकृष्ण अग्रवाल 'शैल' के विषय में बहुत प्रयत्नों के बावजूद जानकारी नहीं मिल सकी। उनके परिचय का छोटा-सा सूत्र कांतिकुमार जैन की पुस्तक 'महागुरु मुक्तिबोध : जुम्मा टैंक की सीढ़ियों पर' में मिला, जिसमें सिर्फ यह उल्लेख है कि वह नागपुर के निवासी थे।

अस्तु, मुक्तिबोध के संदूक में बंद ये कविताएँ अब सुधी पाठकों के समक्ष हैं।

दुर्ग, छत्तीसगढ़ जय प्रकाश
20 मई, 2025

श्रीकांत वर्मा

श्रीकांत वर्मा का जन्म 18 सितंबर, 1931, बिलासपुर (छत्तीसगढ़) में हुआ था। नागपुर विश्वविद्यालय से उन्होंने बी.ए. (1952) और एम.ए. हिंदी (1956) में किया। 1955-56 में बिलासपुर से 'नई दिशा' का सम्पादन। फिर बेहतर भविष्य की खोज में दिल्ली चले गए। कुछ दिनों तक 'भारतीय श्रमिक' में उपसम्पादक रहे। 1958 से 1962 तक दिल्ली से 'कृति' का नरेश मेहता के साथ सम्पादन किया। 1964 से साप्ताहिक 'दिनमान' से सम्बद्ध हुए। सन् 77 में 'दिनमान' से त्यागपत्र दे दिया।

उनकी प्रकाशित कृतियाँ हैं–भटका मेघ, माया दर्पण, दिनारम्भ, जलसाघर, मगध, गरुड़ किसने देखा है (कविता संग्रह)। झाड़ी, संवाद, घर, ठंड, अरथी (कहानी संग्रह), दूसरी बार, अश्वत्थ (उपन्यास), जिरह (आलोचना), अपोलो का रथ (यात्रा वृत्तान्त), बीसवीं शताब्दी के अंधेरे में (साक्षात्कार)।

साहित्य के अलावा राजनीति में सक्रिय रहे। साठ के दशक में डॉ. राममनोहर लोहिया के सम्पर्क में आए। उनके विचार और कर्म से गहरे स्तर पर प्रभावित हुए। डॉ. लोहिया के असामयिक निधन और समाजवादी आन्दोलन के बिखराव के बाद सन् '69 में श्रीमती इंदिरा गांधी के सम्पर्क में आए। फिर से परिचय के बाद कांग्रेस की राजनीति में सक्रिय भागीदारी की। सन् '67 में म.प्र. से राज्यसभा के सदस्य हुए। सन् '80 में कांग्रेस (ई.) के चुनाव अभियान का संचालन किया। सन् '85 में कांग्रेस पार्टी के प्रमुख महासचिव और प्रवक्ता के तौर पर कार्य किया।

फरवरी '86 में अस्वस्थ। कैंसर के इलाज के लिए अमेरिका गए। 25 मई, 1986 को अमेरिका के स्लोन केटरिंग मेमोरियल अस्पताल में निधन।

सम्मान : म.प्र. शासन द्वारा 'उत्सव-73' में विशिष्ट लेखन के लिए सम्मानित। जलसाघर के लिए तुलसी सम्मान। सन् '81 में म.प्र. शासन का प्रथम शिखर सम्मान। सन् 84 में कुमार आशान, यूनाइटेड नेशंस इंडियन कौंसिल आफ यूथ एवार्ड और म.प्र. के नंददुलारे वाजपेयी पुरस्कार से सम्मानित। सन् '86 में मरणोपरान्त साहित्य अकादमी पुरस्कार और सन् 85 में इंदिरा प्रियदर्शिनी सम्मान से सम्मानित।

'नर्मदा की सुबह' के लिये मुक्तिबोध को भेजे परिचय में श्रीकांत वर्मा ने लिखा था–

"अभी तक का जीवन संघर्षों में गुजरा है। पर जीने की कला जानता हूँ।

सन '48 से लिख रहा हूँ! कविताओं के अलावा कहानियाँ और समालोचनाएँ लिखी हैं।

प्रेरणा जीवन से मिली, प्रोत्साहन प्रभाकर माचवे, नरेश मेहता, वीरेंद्र कुमार जैन और गजानन मुक्तिबोध से।

ज़िंदगी में दो व्यक्तियों ने मशाल का काम किया है–नीलकंठ दाभड़कर और सज्जाद हुसैन। उन्हीं का ऋण मानता हूँ। मिडिल स्कूल में शिक्षक हूँ।"

नदी, लाश और कुहरा

स्वप्न के उस फूल की
नील छाया में
देखता क्या हूँ
नदी की लाश रक्खी है
और कुहरे का कफन उसको ढँके है।

सिर झुकाए वृक्ष, झर-झर फूल झरते है।
रेत ने पी ली लहर
और नीड़ों में द्विजा चिड़ियाँ दुबकती हैं।
चाँदनी की आग में
वह फसल जलती है, मेड़ लकवे से मरी है।
गाँव का यह गाँव सारा हो गया श्मशान है।

माथ पर आकाश के
वह चाँद हँसता है,
कि सारे बदन में मुझको पसीना छूटता है, और खुलती है पलक।

देखता हूँ मैं
नदी तो जीविता है, जागती है।
औ' लहर की नाड़ियाँ भी चल रही हैं।
नहीं, कुहरी कहीं।
पर्वत-कड़ाही में चाँदनी का
फूल खिलता है
कि जिस पर चाँद आसन मार बैठा है।

तभी मैं देखता हूँ
लाश मेरी ही रखी है।
गाँव जीवित, खेत जीवित, मेड़ जीवित है।

अस्तु, अपनी लाश,
सपनों की लकड़ियों पर जला,
मैं संग चलता हूँ–
नदी के, भोर के, जन के।
नहीं है, कहीं भी कुहरा।

(दिसंबर '53, प्रेरणा, आकाशवाणी, नागपुर से प्रसारित)

बिकनी एटाल का टेस्ट

यह पृथ्वी प्रयोगशाला है!
दसों दिशा हैं द्वार
क्षितिज खिड़की है इसकी।
सोना रंग की फसल जन्मती
प्यासी मिट्टी, सुरमा रँग बादल से।
सदा सुवासित
होती है यह वायु, कुसुम-प्याली के अलकोहल से।
किरनों के थर्मामीटर से नपता दिन का ताप,
सूर्य का पारा चढ़ता और उतरता डेल्टा की
नील गगन घुंडी में।
दिन के ताँबे पर संध्या का एसिड।
नहरों की नलियों में जल!
सागर की तश्तरियों पर उठती है मैली भाफ।

डेल्टा की मुट्ठी के निकट नदी की नब्ज।
गगन स्लेट पर लिखे हुए तारों के उन आदिम अक्षर को
दूरबीन-आँखों से पृथ्वी का मानव अब पढ़ सकता है।
ज्ञान-आँख की किरन रहस्यों के पर्दों को फाड़ रही है।
कुहरे का घूंघट खिसका कर रात चाँद को देख रही है।
आकाशों के बिछे हुए गोले टेबल पर नभगंगा का नश्तर।
गगन आपरेशन थियेटर में जलता है वह चंदा का बल्ब।
निशा के माथे के
वे स्वेद बिंदु तारे पुँछने वाले हैं

ऊषा का होगा अब जन्म!
दिशा की नर्स चाँदनी वस्त्रों में वह खड़ी हुई है पास।
मनुज प्रयोगों के कपार को खोल सत्य तक पहुँचा रहा है।
सदा प्रयोगों ने नियमों को जन्म दिया है!
लेकिन एक कुबेरों की है जात
प्रयोगों की गरदन पर गड़े हुए है जिसके खूनी दाँत।
ये लोहू के खरीदार
विज्ञान गरुड़ पर बैठे भू पर फेंक रहे है साँप।
दैत्य-सा इनका नंगा रूप
नदी को डाल पीठ पर जैसे अब चलने वाला है ग्रीष्म।
देख रही है यही नस्ल
वहशी आँखों पर चढ़ा पीत साम्राज्यवाद का चश्मा
द्वीपों का सोना,
कोयला खदानों का,
पेट्रोलों के कुँओं के नीचे जलती आग।
यही वर्ग
(जो मनुज नहीं केवल सँख्या है)
युद्धों के उन बाघ नखों से मानवता की नंगी छाती फाड़ रहा है।
यही सभ्यता का चिर नंगा प्रेत
संस्कृति के खेतों को आँधी में
उड़ते फूसों और छप्पर सदृश उजाड़ रहा है।
यही प्रयोगों के सौरभ को विष का इंजेक्शन देता है।
यही विज्ञान की शक्ल नाश में बदल रहा है।
यही बुद्धि के घर में
नए विचारों को डसने मरणों का साँप बना बैठा है।
इसने ही हीरोशिमा की सिंधु हवा में व्रण बोया था।
साँसों में तैरी थी चीखें
मलबों में था दबा मनुज आँखों का गीला स्वप्न।
ध्वस्त नगर की ईंट के तले
सिसक रही अब भी उपजाऊ राख।

हर समाधि, हर ईंट, कब्र हर
अपनी पसली में दहशत की लाश छुपाए पड़ी हुई है।
बच्चों के ओठों पर जैसे मौत अभी भी जड़ी हुई है।
इसने ही कोरिया उजाड़ा।
देश नहीं; यह केवल दल है।
यह व्यापारी वर्ग, मृत्यु का व्यापारी है।
यह डालर के वर्कों में है जहर बेचता।
इसी वर्ग ने
नए कोरिया की साँसों की फसल जलाई।
रोग बमों, कीटाणु बमों के जहर हवाओं में फैलाए।
मनुज शत्रु मांसाहारी।

डालर पुतलों ने, नदियों के भी केश जलाए।
यह बिकनी एटाल सही इसका परिचय है।
महानाश के साथ डालरों का परिणय है।
देखो महासिंधु के ऊपर
गुब्बारा जो फैल रहा, मैले धुएँ का,
वह बिकनी एटाल टेस्ट है।
धूप वहाँ मर गई, चाँदनी राख हो गई।
तितली पंखों से सागर के ज्वार जल गए।
महासिंधु की प्रजा त्रस्त हो भाग रही है!
कोटि-कोटि गैलन जल विष की भाफ बन गया।
बिखरी वे लहरें जैसे
सागर दर्पण भी टूट गया हो।
यहाँ मनुज की छाँह अगर पहुँची तो वह भी जल जावेगी।
नाशों की आखिरी कल्पना
आज सत्य, साकार हो गई।
महाप्रलय का नाम कुछ नहीं उद्‌जन बम है
लिखी गई है आज भूमिका जिसकी उस बिकनी एटाल में।
काँप उठा है वर्तमान, इतिहासों के संक्रान्ति काल में।

इन आदमखोरों का अपना स्वार्थ
धुँआ बन रहा उद्जनों के गोलों का।
तुम प्रलयों की प्रयोगशाला में।
नाशों की लाश, विज्ञापनों के मंत्रों से जगा रहे हो।
लेकिन फ्रेंकस्टीन
तुम्हारी ही प्रयोगशाला में आग लगा देगा डालर के अंधो!
साँस तुम्हारी ही अभिशापित मर जावेगी।
उद्जन बम तो मात्र धुआँ है
आग तो तुम्हारे ही अन्दर सुलग रही है।
नील दिशा तो
नीली की नीली रहती है
चाहे कितना धुआँ चिमनियों से छा जाए।
मानवता के अंत की
यह नई दिशा भी झुलस नहीं सकती;
पृथ्वी तो सदावती है।
खेत जला देखो, तुम ही खुद जल जाओगे।
फसल राख में भी वर्षा पा हो जाती है।
इस बिकनी एटाल टेस्ट ने
नग्न तुम्हारी देह दिखायी है भावी की जन आँखों को।
अभी तुम्हारी आत्मा के मैले कपड़े का
सुर्ख एटमी दाग गर्म ताजा-ताजा है।
पेकिंग, दिल्ली नहीं अब तुम्हारा ही व्हाइट हाल जलेगा।
पृथ्वी के मुख की ये बदली नूतन रेखाएँ पहिचानो।
दुनिया बिकनी नहीं बनेगी, सुन लो एटम के शैतानो!
पूर्व लहर के लौह तमाचे खाकर हरदिन
पोत तुम्हारे उलट रहे हैं।
देशों की सीमाएँ प्रतिक्षण सिमट रही हैं।
पूरब जन के मुख पर देखो एक नया नक्शा उभरा है।
लहर पूर्व से अब पच्छिम की ओर बहेगी।

(4 अप्रेल, '54)

बर्फ

जमीं नील सरिताएँ, जमे युवा प्राण।
साँचे में शब्द जमे, जमे रंग गान।
कुहरे की सिकुड़न में जमी रंग-धूल।
तिमिर-सिंधु में डूबा, संध्या-मस्तूल।
घाटों में, पाटों में, फैला वह मौन।
हवा हरसिंगारों के, झरे बर्फ फूल।
जंगल के अन्तर का पथ है वीरान।
झींगुर की बेहोशी, सुनता सुनसान।

चुप हुई तराई, चुप हुए खेत गाँव।
धूएँ के धब्बे-सी इमली की छाँव।
ये कंकर, ये पत्थर, सब हिम के शाप।
अपनी ही छाया से डर ठिठके पाँव।
अपने ही गीत नहीं सुन सकते कान।
सभी दिशाएँ लगतीं केवल अनुमान।
मन जैसे पत्थर की ठंडी दीवाल।
मस्तक-कब्रों पर प्रश्नों के कंकाल।
सुन्न हैं अँगुलियाँ, हैं नीले नाखून।
ठंडे हैं ओठ तुम्हारे, ठंडा भाल।
मैं, तुम, हम सब क्या हैं केवल पाषाण?
फिर क्यों खाली हैं, गीतों के खलिहान।

फावड़ा उठाओ, दो बर्फ सभी फेंक।
बहुत हैं दिशाएँ, पर पथ केवल एक।

एकत्रित करो सभी छायाएँ प्राण।
सरिताओं को सकते, क्या ये वन छेंक?
पाला में मरेंगे नहीं ऋतु के धान।
चित्र रँगो युग का, रँग दो जन के गान।
अन्यथा दिखाओगे, कल क्या मुँह सूर्य को?

(22 अगस्त '54)

मन्वन्तर

एक श्वेत कपड़े-सी धूप के
दो गहरे छिद्रों से–
दो जलती लाल-लाल गोली-सी आँखें
क्षितिजों को घूर रहीं।
मैदानों पर शव हैं।
झाड़ों पर टँगी हुई, मानव की अंतड़ी है।
झाड़ी में उलझी-सी,
और पेट थामे-सी, लाशें हैं, लाशें हैं।
लाशों से ऊँचे सोने का सिंहासन है।
लाशों पर दो जलती आँखों का शासन है।
उत्तर से लंगड़ाता एक व्यक्ति आता है।
ऊँचे वृक्षों के फल देख आह भरता है।
बेचारा लंगड़ा है।
दक्षिण से, लाठी टेकता हुआ,
राह टटोलता हुआ,
एक व्यक्ति आता है।
"सूर्य कहाँ, सूर्य कहाँ" रोता चिल्लाता है।
बेचारा अंधा है।
पश्चिम से हकलाता, एक व्यक्ति आता है।
हाथ के इशारे से गीत को बुलाता है।
मुँह को कोसता, भाग्य पर निज झल्लाता है।
बेचारा गूँगा है।
गोली-सी दो आँखें, तीनों पर हँसती हैं।

उन लाशों का शासक, अट्टहास करता है।
तीनों छायाएँ, मुट्ठियाँ तब मसलती हैं।
लाशें जीवित हो, उनके पीछे चलती हैं।
राजा के मुकुट का मुलम्मा उड़ जाता है।
वे तीनों राजा की आँख नोच लेते हैं,
जीभ काटते, नृप को लँगड़ा कर देते हैं।
और तभी राजा का सूर्य डूब जाता है।
पंथ डगमगाते हैं।
और दिशा, मूक, मौन, गूँगी-सी लगती है।
तीनों हकलाते हैं।
तीनों लँगड़ाते हैं।
तीनों की आँखों को सूर्य नहीं दिखता है।
तब पूरब से लोहित एक पुरुष आता है।
राजा की आँखें, निज
आँख छुआ जीवित कर,
अंधे को देता है।
उसे सूर्य दिखता है
राजा की जिह्वा को
गीतों से जीवित कर,
गूँगे को देता है।
उसे गीत मिलता है।
राजा के पाँवों को
पंथ छुआ, जीवित कर,
लंगड़े को देता है।
उसको फल मिलता है।
सोने का सिंहासन लोहा बन जाता है।
भावी इतिहासों का रंग बदल जाता है।
लाशों की संततियाँ, सदियाँ बन आती हैं।
सूरज से भी आगे बढ़ती हैं, गाती हैं।

(18 दिसम्बर '54)

अर्थ वृक्ष

एक वृक्ष है, जिससे पैसा झरता है।
लेकिन इस वृक्ष पर साँपों का पहरा है।
जो भी इस वृक्ष के निकट आते,
साँप उन्हें तुरत काट लेते हैं।
(साँपों पर मुकदमा नहीं चलता, क्योंकि
साँप के विष से लिखी पुस्तकें 'लॉ' कहलाती हैं।)
बड़े-बड़े, मोटे-मोटे तोंदल व्यापारी,
इन साँपों के स्वामी आते हैं।
तरु को झकझोर और पैसा बटोरकर,
पैसे के पहियों पर अपना रथ हाँक चले जाते हैं
वहाँ
जहाँ भूखे, प्यासे, नंगे लोग
बाट पर पैसे की,
अपना मांस तौल देते हैं, शक्ति तौल देते हैं, अक्ल तौल देते हैं।
पुस्तक की कब्र पर, पराजित झूठा दर्शन,
दर्पण पर युग के निज आँसू टपकाता है।
ईश्वर का पिता, दास ताँबे का, पैसे का,
अर्थहीन मंत्रों से जन को बहलाता है।
पैसे का वृक्ष मांस खाता है जनता का।
पैसे का वृक्ष लहू पीता है जनता का।
पैसा बनता शोषक, मनु का, मानवता का।
तब पैसा झरता है।
तब पैसा झरता है।

तब पैसा झरता है।
साँपों का स्वामी, निज तिजोरियाँ भरता है।
तब युग के दर्पण में नए मुख उभरते हैं।
पीड़ा को छाँह तले, संगठन सँवरते हैं।
जनता के पाँव तले, साँप कुचल जाते हैं।
धरती तो धरती, आकाश दहल जाते हैं।
अर्थवृक्ष पर शासन होता है जनता का।
हर फल श्रम स्वेद मात्र होता है जनता का।
डाऽलों से रोटियाँ झरती हैं, झरती हैं।
डाऽलों से रोटियाँ झरती हैं, झरती हैं।
डाऽलों से रोटियाँ झरती हैं, झरती हैं।

(19 दिसंबर '54)

दोपहर वसंती

पीपल का पत्ता,
मेरे आँगन में झरकर मुझसे कुछ कह गया।
सुधियाँ चौंकीं, मन ने आँख उठाकर देखा;
हवा की गदेली पर,
काग़ज़ की डोंगी-सा मेरा मन बह गया।

जाने कब वासंती, धीवर की कन्या-सी
जाल डाल गयी प्रकृति पर
पीली किरनों का।
जाने कब आमों के मौरों की आँख खुली
गंध उड़ी पोखर तक
फैली अमराई में।
बाँसों के झुंझकुर से चिड़ियों के झुंड उड़े।
सरसों के खेतों की मेड़ों पर वासंती
बैठ गयी धूप ओढ़।

शाख की अँगुलियों में, सोन की
अँगूठी-सी
धूप कसी, धूप कसी।
बेरों के झुरमुट में, छाया के चिथड़ों सँग
धूप फँसी, धूप फँसी।
किसके शब्दों को सुन लिया दोपहर ने जो
आश्रम की हरिणी-सी
दौड़ पड़ी पश्चिम को!

बागों, फूलों, कलियों, पत्तों को अपने
जादू से रँगती, रंग-रस की रानी
रंगों की डोली में, रंगों की तूली ले,
रंगों का चीर पहिन, अभी अभी आयी है।
गंध के कहार, दूर अमराई, पोखर, सरिता-तट पर
सुस्ताते होंगे
अपने चौड़े फूलों-जैसे माथों से श्रम-स्वेद पोंछ

सेमल की कच्ची अँगुलियाँ क्यों चटखती हैं?
टेसू की आँखें
क्यों सूज गयीं, लाल हुई!
फसल के समन्दर में डाँड़ों-सी हवा
ढूँढ़ती फिरती है किसको?

पानी के दर्पण पर चोंच मार चिड़ियाँ क्यों
ऊँचे आकाशों को लौट-लौट जाती हैं?
वासंती के पीले, छतनारे यौवन में
हल्दी है, केसर है।
टूट रहे सपनों से, पत्तों की
हवा-माल, पिरो रहा पतझर है।

बारहसिंगे के सींगों-सी शाखाएँ हैं,
पत्तों की जीभ
हवाओं को सहलाती है।
फूलों के देशों से गंधों की परी निकल
साँस के मृगों की,
कस्तूरी बन जाती है।
पीपल का पत्ता मेरे आँगन में झरकर, मुझसे कुछ कह गया।
हवा की गदेली पर, काग़ज़ की डोंगी-सा मेरा मन बह गया।

(जनवरी '55, सारथी)

गर्भस्थ शिशु

मेरे गर्भ में शिशु है–
पेट बढ़ा,
पथ पर अटपटे-अटपटे भारी पाँव पड़े!
जिह्वा की नोंक पर
स्वादों की परियों ने जैसे अंगड़ायी ली।
मेरी छाती में दूध नहीं,
मेरे आँगन में गाय नहीं।
मेरे गर्भ में शिशु है, मेरे घर धाय नहीं।
लोग हैं, पड़ोस नहीं।
मुझको अपने भावी दुख का अफसोस नहीं
मेरे प्राण
धरती पर आ, धरती पर आ तू।

मेरे लाल!
नाल स्वयं हँसिए से काटूँगी।
अपने खेत का टुकड़ा
बाँटूँगी, बाँटूँगी।
अपनी छाती का जहर मैं तुझे पिलाऊँगी।
अमृत को मैं अपने जहर से जिलाऊँगी।
धरती पर आकर मत रोना, मत रोना तू।
एक और शब्द न बढ़ जाय कहीं आँसू की पुस्तक का।
मेरे लाल!
मुट्ठी जो बाँधी वह खुले नहीं

एक और भिखारी
न बढ़ जाये दुनिया में।

मेरे अभिमन्यु सुन,
रोटी के पोखर के कमल तोड़ने तुझको भेजूँगी।
मेरी आत्मा की कस्तूरी तुझमें गमके।
धरती पर आ, धरती पर आ तू!

(मार्च '55)

जेठ की दुपहरी

सन्नाटे की मेड़ पर बैठी जेठ की दुपहरी।
मैले तालाब पर
टूट-टूट गिरती है शापों-सी इमली।
सुनसान .... सन्नाटा!
सुनसान .... सन्नाटा!

आमी हल्दी-सी मैली पीली धूल
हवा से गुँथ-गुँथ पड़ती है।
लाल मिरचई गदरी धूप,
पहिन लूहों की करधनी,
ऊँघती गँवई की अमरैया में।
पानी को तलाश रही चिड़िया उड़-उड़ आती
सूखती तरैया में।
ओक सदृश छायाएँ
पीती हैं धूप।
थके हुए यात्री की थकी हुई प्रतिध्वनियाँ
खंडहरों, कूपों, बावलियों से
लौट-लौट आती हैं।
सुनसान .... सन्नाटा!
सुनसान .... सन्नाटा!

कुंज में कनेरों के,
नन्हीं सुकुमारी-सी फुलचुक्की चिड़िया,

दुपहर का दिल बन कर गाती है
पिक पिक पिक.... पिक पिक पिक!
चीलों की चिल्लाहट, दुपहर के
तालों में,
भँवरों-सी फैल, क्षितिज-तट से टकराती है।
उलट गयी डोंगी-सा चील पंख

गर्म हवा-धारा में तिरता है।
कोयल का कंठ, दूर कहीं, दूर कहीं,
बहुत दूर कहीं,
चिरता है।

सुनसान .... सन्नाटा!
सुनसान .... सन्नाटा!

(मार्च '55)

टूटा दर्पण

टूटा मुख, टूटी रेखाएँ, टूटी सिलवट;
टूटी हुई शिकन
अधकटी पट्टियों-सा माथा दिखता है।
क्या सचमुच मैं टूट चुका हूँ?

मुँधियार ही तो पूनों से मैने अपना मुँह धोया था।
और सुबह, दूध-सी धूप में
चिड़िया के बच्चे-सा मैंने स्नान किया था।

सच है,
दिन के कर्तव्यों के पहियों में मैं जुता हुआ था।
परेशानियों से मैं
गुत्थमगुत्थ हुआ था, गुँथा हुआ था।
एक बार अपने विश्वासों से भी
अविश्वास बन कर मैं जूझ गया था।

यह भी सच है
दो टांगों के लिये साँझ मैं बोझ बना था
सिक्के की खातिर
मैं दिन भर हाथों का नासूर बना था।
मैं निद्रा की पलक बना था,
विक्षोभों का हृदय बना था।
किंतु पराजय मैंने स्वीकारी, यह मुझको याद नहीं है।

मैं तो
कल से भी बढ़ने को उसी तरह तैयार खड़ा हूँ।
(कल, यदि 'मेरा कल' न हुआ तो।)
अपनी हर इन्द्रिय को
अनुप्रेरित करता मैं बीत रहा हूँ।
अविश्वास पर, विश्वासों का जयस्तम्भ मैं जीत रहा हूँ।

फिर मैं कब टूटा? कैसे टूटा?
ये सब टूटी रेखाएँ
किन संवेदन-सत्यों के क्षत चरण-चिह्न हैं?

नहीं नहीं, यह मेरी सिलवट नहीं,
नहीं ये मेरी शिकनें।
ये दर्पण के संवेदन हैं।
ये दर्पण के गलत कोण हैं।
दर्पण टूटा है, मैं सही सलामत हूँ
पूरा हूँ, कहीं नहीं टूटा हूँ।
टूटा मुख! टूटी रेखाएँ! टूटा दर्पण!
टूटा दर्पण! टूटा दर्पण! टूटा दर्पण!

(अक्तूबर '55, अप्रकाशित)

शुतुर्मुर्ग हम

शुतुर्मुर्ग हम!
हम यथार्थ को,
छिपा रेत में मुँह
किस तरह नकार रहे हैं।
हम आँखें मूँचे,
खुद को छलते,
खुद को इंकार रहे हैं।
जून-जेठ की आँधी-सी
पीछा करती
जो व्याधि हमारा;
हम उससे बचने का
ढोंग रचाए
जीवन हार रहे हैं।
शुतुर्मुर्ग हम!

हम सफेद धब्बे हैं,
धरती के
कपड़े पर पड़े हुए हैं।
हम नंगी टाँगें,
कमज़ोर खम्भ
रेती में गड़े हुए हैं।
हम ठट्ठर हैं, हाड़-पंख
हम,

श्मशानों में दौड रहे हैं।
हम अपनी अंधी
दुनिया का
वृत्त खींच कर खड़े हुए हैं।
शुतुर्मुर्ग हम!!

ऐसे डील-डौल के अंदर
खोखल हैं हम,
खोखल हैं हम।
मार्ग भ्रष्ट, दिग्भ्रमित
स्वयं को छलते,
छल के संबल हैं हम।
हम पुंसत्वहीन
तन से जीवित हैं,
क्या सचमुच जीवित हैं?
कड़ी धूप से छिपते फिरते,
मात्र मोम के बादल हैं हम!
शुतुर्मुर्ग हम!!!

(अक्तूबर '55, अप्रकाशित)

मैं कमल हूँ

मैं कमल हूँ।
आँसुओं के श्याम पोखर पर खिला,
मैं अग्निक्षण हूँ, अग्निपल हूँ।

पंक पर निःस्वार्थ खिल मैं
क्षुद्र स्वार्थों को चुनौती दे रहा हूँ।
मैं स्वयं को मथ रहा हूँ,
मैं हवा से लड़ रहा हूँ,
मैं स्वयं को खे रहा हूँ।

मैं सुबह की आग हूँ,
मैं हर दिशा में दिख रहा हूँ।
आँसुओं का अहं
मैं इस अग्निलिपि में लिख रहा हूँ।

मैं अकेला नहीं,
पोखर में कमल के कोटि दल हैं
जो सुबह की आस्था बन कर खिले
वे सब कमल हैं।

(फरवरी '56, अप्रकाशित)

नये धान की फसलें आयीं

नये धान की फसलें आयीं।
आदिम वन-गीतों-सी चिड़ियाँ
खेत-खेत, फसलों उतरायीं।

धानों की लहरिया जवानी।
पकी-पकी बाली के ऊपर
चढ़ा हुआ सोने का पानी।
मिट्टी के ढेलों के अंदर
फैली जड़ की सोन-घँघरिया।
मेड़-मेड़, डंडी-पगडंडी
ढेरों बिखरे गीत किसानी।
झुकी फसल पर तैर गयी वह
चिड़िया के पंखों की छाँई।

मेड़-मेड़ से हँसिया हुमका।
हाथ-हाथ की चूड़ी खनकी,
खेत बीच से चंदा चमका।
मिट्टी के हाथों में सोना,
सोने के हाथों में मिट्टी।
सोने के हाथों में सोने का
सूरज, सोने का झुमका।
आसों सोलह आना खेती
चौमासे की सोन-कमाई।

बादर गये, छाँछ दोपहरी।

नीले फूल कान खोंसे ऋतु
फसल काटती देह इकहरी।
मटियारे शरीर अधपटकू,
केंवची कमरों लाली लुगड़ा।
वट-पीपल से उतर बिछलती
धान-खेत पर साँझ सुनहरी।
किसी मेड़ से हाथ-कान धर
पिंवर धान-कन्या चिल्लायी!

(मई '55)

हम सड़कों की दीपशिखाएँ

चेहरे पर छलछला रहे हैं बिंदु स्वेद के;
धौंक रहा है श्रम
अपने जीवन की भट्ठी।
कोलतार के राजमार्ग का कूड़ा-कर्कट साफ कर रहे
खुद कूड़े-से, खुद धब्बों-से, शत-शत जीवन।
अंधेरे के चलते-फिरते लेम्प-पोस्ट हम।
मगर हमारा घर अंधेरा और हमारे आँगन कुहरा
क्योंकि हमारे ही प्रकाश पर
कुछ अधिकार नहीं
हमारा!!

हम सड़कों के लेम्प पोस्ट हैं।
हम गैरों की धौंकनियाँ हैं।
लाखों चेहरे! लाखों हाथ! हजारों धड़कन!
हर धड़कन में
दबी हुई कल की आशंका।
हर चेहरे पर लिखी हुई कल की चिंताएँ।
हाथ-हाथ पीड़ित आत्मा के धुँधले दर्पण!
लाखों चेहरे! लाखों हाथ! हजारों दर्पण!

हम सब दास;
हमारी माताएँ दासों की जन्मदायिनी
स्वयं दासियाँ।

घर-घर की चकिया का चक्कर।
नववधुओं की हल्दी, मेंहदी और महावर।
गली-गली में चूड़ी की टोकरियाँ सिर धर
फेरी देती ये अबलाएँ।
फूल, फसल, फल, सब्जी बेच रहीं
सड़कों की दीपशिखाएँ।
हल्दी-सी पीली क्षयग्रसिता बहिन हमारी।
मेंहदी जैसी पिसी
नित्य गृहवधू हमारी।
और किन्हीं पाँवों की शोभा बनीं गरीबी की कन्याएँ।

हम कैसे अपने नन्हें बच्चों की
प्रश्नभरी आँखों से आँख मिलाएँ।
क्या उत्तर दें उस भविष्य को
जो इन आँखों, आगामी कविता की पहली पंक्ति सदृश
बाकी पंक्तियाँ पुकार रहा है।
घबराता है दिल,
इनके नंगे शरीर, ऐंठी अँतड़ी, खाली हाथों,
पुस्तकों, पट्टियों, फीस और बीमारी के
अनगिनत चुनौतीपूर्ण
वज्रमुक्कों को कैसे, क्या उत्तर दें?
क्या उत्तर दें?

डूब रहा है दिल,
बच्चे इस अंधकार की महाबाढ़ में
पानी के नन्हें पौधों-से डूब रहे हैं।
डूब रही है आशा के मंदिर की सीढ़ी।
आह! आज इस परिवारी संकट में हम पर
वे सोने के कलश हँस रहे,
जिनकी दीवारों, खम्भों की नींवों में

श्रम-छाँह हमारी
लाखों मुद्राओं में दबकर दफन हुई थी
गैरों के महलों की खातिर, गैरों के इस कलश के लिए।

आह! नहीं कुछ स्वत्व हमारा
इस जीवन पर।
हमें किराए पर दौड़ाती वर्ग-व्यवस्था।
फुर्सत का बोझा उतार कर
रोटी की चिंता लादे
हम दौड़ रहे हैं,
धन्य मनुजता!
फुर्सत तुम्हें मनोरंजन
हमको बेकारी।
नींद आँख की आदत,
सपने रुग्ण प्राण-मन की बीमारी।
शैशव के सपनों की तो सैकत-रेखा ही शेष रही है।
अब तो जो सपने आते
ऋण और ब्याज के फंदे लटकाए यम के दूतों-से आते!

आह! हमीं लाखों टकसालों के निर्माता!
मगर हमारे ही माथे पर चिपक
एक चाँदी का साधारण-सा टुकड़ा
गली-गली में नित्य हमें नीलाम कर रहा।
चाँदी के इस टुकड़े की अद्भुत माया जो
फाइल के सस्ते से फीते ने बाँधा व्यक्तित्व हमारा।
युग की दैनिक आवश्यकता
वहन कर रही मालगाड़ियों के हम पहिए।
हम खदान में घुँटती साँसें।
हम पुतलीघर में कतती
शत रुई पुतलियाँ।

युद्ध क्षेत्र की मांसपताका, लहू खाईयाँ,
लाखों ईसा–राज्यहीन हम।

हम प्रकाश के पक्षी, इस अंधे तम में फड़फड़ा रहे हैं।
टूट चुके हैं पंख हमारे,
बिखर चुकी है छाँव हमारी।
चारों ओर सींकचे दिखते,
चारों ओर अँधेरा दिखता।

लेकिन हम दिग्भ्रमित नहीं हैं।
हममें अब भी श्रद्धा जीवित।
प्यार और ममता की पीली लौ जलती है।
हममें अब भी स्नेह शेष है।
अँधेरे के चलते-फिरते लेम्प पोस्ट हम।

हम लाचारी की पटरी पर पड़े हुए
हमसफरों को आवाज़ दे रहे।

हम मजबूरी के पहाड़ में कोटि सुरंगें लगा रहे हैं।
हम खुद को,
हर रोने वाले को
ढाढ़स दे रहे, ज़िंदगी को हम
धीरज बँधा रहे हैं।
हम समाप्त भी हुए अगर तो
स्नेह और ममता-श्रद्धा की दीपशिखाएँ खत्म न होंगी;
क्योंकि हमारी ही आत्मा का बिम्ब हमारे बच्चों में है।

हर पीढ़ी में एक आग है,
हर सीढ़ी पर एक दिया है।
हर घर में श्रद्धा का मनु है,
हर घर में मनु की श्रद्धा है।

हम अपने बच्चों की प्रश्नभरी आँखों को
अपने मन की
दीपशिखाओं से उत्तर दें।
ओ साधारण परिवारों के साधारण बच्चो!
तुम तिमिर-नदी-जल में जलती लपटों की सेवारें हो।
तुमको इस जल से कैसा भय?
तुम तो इसकी पैदायश हो!

वर्तमान हो सका हमारा नहीं,
मगर निश्चय ही भावी इन पीड़ा के पुत्रों की है!
सुनो! हमारे प्रयत्न की गैंती में
बच्चों का मंगल ध्वनित हो रहा।
हम लाखों विद्रोही मस्तक!
हम अगणित नित कार्यशील जन!
लाखों चेहरे! लाखों हाथ! हजारों धड़कन!

(मई 1955, अप्रकाशित)

मछली का दर्शन

पोखर के पत्थर के नीचे
एक मछलियों का कुनबा था।
नन्हीं-नन्हीं मुक्त मछलियाँ
जल की कविता के प्रतीक-सी
यूथों में तैरा करती थीं।
जल के ऊपर आतीं, फिर डुबकियाँ लगातीं,
कभी कूदतीं और धूप में
किसी नयी उपमा-सी कभी चमक जाती थीं।
पोखर के पत्थर के नीचे उन उपमाओं की माता थी,
शिथिल शांत सुस्थिर विचार-सी।

एक साँझ भूखे मछुए ने, जल पर
अपनी वंशी फेंकी।
कई दिनों की भूखी मछली
कविता पुस्तक के शीर्षक-सी
जल जिल्दों पर तैर रही थी।
दूर कहीं से चारा देखा और बढ़ी
फिर सोचा–
यह बाहर का प्राणी, फसल नहीं है
इस पानी की।
पानी के ऊपर नीला-नीला पानी है
शायद यह मछली है उस नीले पोखर की।
और एक झटके में उसे कुतरना चाहा;

काँटा अटका, वंशी काँपी,
मछुए ने डोरी खींची,
मछली बाहर थी।
जल की पुस्तक का शीर्षक, जल के
बाहर, तड़फड़ा रहा था।

मछुए ने शिकार बाँधा;
बेबस मछली का एक बूँद आँसू
धरती पर गिरकर बोला:
भूख शाप है, परवशता है।

(मई '55)

प्रमोद वर्मा

1929 को सक्ती, रायगढ़ (छत्तीसगढ़) में जन्म। पिता विद्याचन्द्र लाल वर्मा स्वाधीनता सेनानी थे।

शिक्षा: बी.ए. 1951 में तथा एम.ए. 1953 में नागपुर विश्वविद्यालय से। नागपुर के अध्ययन-काल में गजानन माधव मुक्तिबोध से परिचय तथा अंतरंगता। 30 अप्रैल, 1999 को निधन।

अविभाजित मध्यप्रदेश शासन के उच्चशिक्षा विभाग में प्राध्यापक के रूप में नियुक्ति। अमरावती, जबलपुर, धार, रायपुर, दुर्ग, जगदलपुर और रायगढ़ में पदस्थ रहे। मध्यप्रदेश शासन द्वारा स्थापित पदुमलाल पुन्नालाल बख्शी सृजन पीठ, भिलाई के अध्यक्ष रहे। कवि, आलोचक और गद्यकार।

उनकी प्रमुख रचनाओं में 'कविता दोस्तों में', 'कल और आज के बीच' और 'बुलाने से नहीं आती नदी' (कविता संग्रह), 'साहित्य रूप', 'अंग्रेजी की स्वच्छंद कविता', 'हलफनामा', 'रोमान की वापसी' (आलोचना), मुक्तिबोध', (मोनोग्राफ), 'लम्बा मारग दूरि घर' (नाटक) हैं। म.प्र. हिंदी साहित्य सम्मेलन के भवभूति अलंकरण से 1992 में विभूषित।

आस्था

तलैया चित लेटकर साँसें है ले रही
शैवालों में जालीदार खिड़की से झाँक कर
पानी मटमैला दुर्गन्धमय हास बिखेरता है।

कौओं के जगने से चिड़ियों के सोने तक
सूरज की भट्ठी में तपकर खरा सोना बना
मछुआ पेशानी की बूंदों की शपथ खाकर
वंशी लिए बैठा है सजग सचेत होकर।

उसको गुमान है अपने पुरुषार्थ का,
साहस का, आस्था का।
आस्था प्रबोध देती–
वंशी में चुम्बक है,
मछलियाँ लोहे की हैं,
मानव वैज्ञानिक है,
विवशता के मत्स्यों को खींच ही लायेगा।
तोड़कर एक दिन शैवालों का खूबसूरत तिलिस्म
आब को दरअसल आब बनायेगा।

तीन चित्र : तीन प्रश्न

इस टीले पर उगे चाँद में
मैंने तुमको हरदम पाया
और तुम्हारी छवि से परे
तत्व उसमें मैं कुछ भी पा न सका हूँ।
प्रिये! तुम्हारे भी घर के आंगन में क्या
चंदा का पौधा खिला हुआ है?

मेरे पैरों तले धरा है जिसपर कृषक अन्न उपजाते।
मेरे सर के ऊपर भी तो है जमीन ही
जिसपर कृषक-बालिका निशि तारों के बीज छींटती है।
इस जमीन की से फसल काट तन को देता हूँ
उस जमीन की फसल काट आँखों में भरता।
प्रिये! तुम्हारे भी पैरों के नीचे क्या ऐसी जमीन है
औ' ऊपर भी?

आवारा मदहोश हवाएँ इस प्रान्तर में खूब बह रहीं
जो कि पूर्ण स्वच्छन्द
नहीं जिनपर लद पाया अर्थ-पिशाच,
न झूठे संस्कार के मोह,
न टोने विषम व्यवस्था डायन के जिनपर चल पाये।

इसने मुझको मुक्त किया है
शक्ति भरी है
स्वस्थ किया है
प्रिये! तुम्हारी नगरी में तो घुटन नहीं है?

ग्रीष्म ऋतु : कवि से

आज प्रकृति ने पलट दिए
अपनी ऋतुओं की पुस्तक के पिछले पन्ने
औ' शुरू हुआ अध्याय नया।

यदि रुक जाओ तुम तो मैं पढ़ दूँ
बीते कल की जीवन-गाथा
यदपि सत्य यह
प्रवहमान हो तुम सब सरिता-जल सदृश्य,
तुम हारिल हो जो गति की लकड़ी लिए उड़ रहे
और तुम्हारा लक्ष्य दूर है–बहुत दूर है;
आगामी कल के अंचल से
तुम्हें चेहरे के प्रस्वेदों को लेना है सोख;
तदपि सत्य यह भी
बीते कल में तुमने निर्माण किया था,
ये जो बासी फूल धरा के आँसू बनकर बिखर गए हैं
यह ही है वह स्वाद कि जिससे नये फूल ने हास लिया है!

और बन्धुवर!
जब तक कोई वस्तु तुम्हारे पास तुम्हारी होकर रहती
तब तक हिन्दू पत्नी जैसी वह विरूप है,
वह उपेक्षिता औ' अनाहता होकर जीती
लेकिन जिस क्षण दूर हुई वह
तुम तटस्थ होकर उसमें कीमत अँकते हो!

इसी तरह तुम पहली वर्षा की बूंदों का
अक्षत माथे पर लगा
हरी दूर्वा बनकर अब लहर रहे हो
और सोचते –
चलो बला अब खत्म हुई दस मास तलक
अब मेघदूत भेजेंगे प्रिय के पास,
बनेंगे कालिदास
औ' कविताओं की नई फसल उपजायेंगे!
यह मौसम कितना नरम-नरम,
प्रिय की गोदी जैसा कोमल;
ये मस्त हवाएँ किसी पद्मिनी की साँसें,
ये माटी की सौंधी लपटें ज्यों प्रिय के सात्विक भाव।
डोलते हिरन, नाचते मोर,
वलाका के पैरों में ज़ोर;
टेर कर गाते आल्हा मर्द,
औरतों में कजरी में दर्द!

और वह मौसम था मनहूस
हवा ने कर दी थी हड़ताल,
सूर्य को मुट्ठी में दिन-दिन भर
सिंकता पृथ्वी का तन्दूर!

जरा सी सुन लो मेरी बात,
स्नेह की दे दो लघुतम बूंद,
ग्रीष्म हूँ और रहूँगी ग्रीष्म,
तपन तड़पन का मुझको गर्व!

अन्नगर्भा पृथ्वी बीमार
कांतिहीना नारी-सी व्यर्थ भार ढोया करती निरुपाय
अगर बरछी जैसे ये किरण

न घुसते उसमें छाती चीर।
यह सूरज जीवन का प्रतीक है,
शक्तिवान है,

उसकी किरणों द्वारा प्रदत्त संताप शाप में एक शांति है,
उसके चुम्बन औ' आलिंगन का अपना ही एक ढंग है।
मैं तो केवल एक समय हूँ,
वर्षा ऋतु भी मात्र अवधि है –
हम सब अनुचर, मात्र उपकरण!

जब यह धरती मंज जाती है, पक पाती है
तो मेघों के दल आकर उसे सींचते
और छटपटा प्रसव वेदना में माता वह
जन्म दिया करती है अनगिन छोटे-छोटे,
कोमल-कोमल, मसृण-मसृण
शिशुओं जैसे इन नरम गुदगुदे पौधों को।
मत कोसो, मुझको मत त्याज्य करो,
मैं कह दिया करती हूँ यह सच है यद्यपि,
पर तुम्हें बताती हूँ रहस्य मैं जीवन का–
निर्माण कष्टप्रद ही है!

तुम कालिदास,
तुम मेघों को ऊँचा दर्जा देते हो
क्योंकि प्रिया तक वह संदेश पहुँचा सकता है,
पर कालिदास,
प्रिय, प्रिया, प्यार से क्या न ज़िंदगी प्यारी है?
क्या आँसू से रोटी सस्ती है?
इसलिए अगर तुम एक बार मेरा अभिनन्दन कर दो
(चाहे भूले भटके)
तो क्या छोटे हो जाओगे?

अधूरा प्रेमपत्र जो पंसारी की दूकान से अनायास मिल गया

गालीचे जैसी राख बिछी है
जिसपर ये हैदराबादी सिगरेटों के निस्पन्द पड़े शव
और बीड़ियाँ
चूल्हे की बुझी लकड़ियों-सी मुँह झुलसाये।

मैं तो धुआँ निगलता हूँ–
यद्यपि तुमने अपने सिर की सौगन्ध दिलाकर
कई बार रोका था–
इसलिए कि भीतर आग लगी है
धुआँ नहीं उठता है लेकिन
(कोई व्यक्त प्रतीक नहीं तो
मुआ जगत कैसे मानेगा?)।

आज तुम्हें खत लिखने बैठा।
धूम्रपाश को फैलाते-फैलाते अब तो साँझ हो गई
लेकिन जो कुछ कहना मुझको
कम्बख़्त कहन वह नहीं पकड़ में आती है।
काग़ज़ ने सब स्याही पी ली
निब तीन तोड़ डाली मैंने

दस पाँच शीट काग़ज़ के व्यर्थ खराब हुए–

जब यों ही हालत ठीक नहीं!
(कहते हैं, प्यार अचेतन कर देता है
और मनुज जो 'लाली' के दर्शन का इच्छुक
स्वयं 'लाल' एड़ी से चोटी तक हो जाता–
लेकिन इसमें अर्ध-सत्य है
आज रोमियो या मजनूँ
जेबों की बाबत सजग-सचेत बराबर रहते!!)

मैं प्रेम-पत्र लिखने बैठा हूँ
पर वैसा सोंधा-सोंधा महसूस हो नहीं रहा मुझे,
भीतर कुछ मिसरी नहीं घुल रही,
और कलेजे की धड़कन भी नहीं बढ़ रही
मेरी चेतनता पर यदि वासन्ती साड़ी बिछ जाती
और विचारों की सतहों पर तीखे नक्श उभर जाते
तो संभव था
ये शीट व्यर्थ बरबाद न होते
जिनको चिन्दी-चिन्दी कर लहराया मैंने
और हवा में वे त्रिशंकु-से लटक रहे हैं।

प्रेम आज तो दिल बहलाने का जरिया है–
एक शगल यह–
औ' यथार्थ के खांडे के तीखे प्रहार से बचने का यह दाँव!
इसी से अस्सी प्रतिशत कविताओं के बासी फूल
प्रेम के पोखर में डाले जाते हैं
और सिनेमा में लैला मजनूँ की छीछालेदर की जाती है;
अपने पितरों के तर्पण को देख
दर्शकों का हुजूम सीटियाँ बजाकर मन्त्रोच्चारण करता है!
(राम राम, मैंने यह क्या लिख डाला भाई,
अगर कहीं मैं इसे भेज दूँ
तो उसका यह प्रेम या कि उसका अभिनय

क्या कल तक भी टिक पायेगा?
क्योंकि सत्य से नारी को उतनी ही चिढ़ है
जितनी कि साँड़ को लाल वस्त्र से!
इसलिए इसे मैं काट क्यों न दूँ?)
[और इन कुछ लमहों पर स्याही फिरी थी।]

तो तुम्हीं बताओ,
तुम्हें कौन सा सम्बोधन प्रिय लगता है?
हाँ हाँ, मैं वादा करता हूँ,
मैं विशेषणों के मोती तुम पर न्योछावर कर दूँगा—
क्या कन्जूस समझ रक्खा है मुझको?
केवल वही चीज तो न्योछावर की जा सकती है—
(वचने किम् दरिद्रता?)

तो तुम्हे कहूँ परिपूर्ण आर्य सा—प्राणवल्लभे! जीवन संगिनि!!
लेकिन इतना बड़ा झूठ इस युग में भी तो बोला नहीं जा रहा।
तो छायावादी कवि सा—सहचरि! देवि!! अरी सुकुमारि!!!
मगर तुम नहीं सहचरी,
भूख प्यास की ज्वाला में जलकर तुम अब सुकुमारि नहीं हो,
और देवि? ....जाने दो इसको
क्यों अनकहनी कहलाना तुम चाह रही हो?
अगर तुम्हें मैं कहूँ—बुभुक्षा-ज्वाला की समिधा हो नर की
तो तुम तनिक रुष्ट मत होना।
(बिना मूड के कविता नहीं बनाई जाती
और न प्रेम-पत्र ही लिक्खे जाते!)

[और इसके बाद पूरे पेज को दो आड़ी रेखाओं से भर दिया गया था—X यों।]

व्यापकता का प्रश्न

तुम्हारी आँखों के परदों पर
भय औ' संदेह के के मोतियाबिंद
दिमाग पर मारा हुआ लकवा आवेश का
मन में आक्रोश औ' जुगुप्सा के धुँधलके
चाहे आज
हम तुम के दरमियान
दूरी के जंगल लगा जायें.
लेकिन हम शाखा-प्रशाखा हैं
एक वन-प्रान्तर की
एक ही जमीन में उगे, बढ़े और पले
वृक्षों की जनता की।

मेरे इस पीपल में दिन भर रहने वाले
संवेदन के पंछी दल
रातों में सोते हैं
तुम्हारे ही बरगद में।
दिन भर सन्देहों से लड़-लड़ जब
रातों में सो जाता चेतन मन
तो नाक के बंधन से छूटी
तुम्हारी आजाद साँस
मेरे प्रश्वासों को
अँकवार में लेती है।

हम हम हैं
तुम तुम हो
हम तुम हैं
तुम हम हैं
जीवन की व्यापकता के मानी आखिर क्या हैं?

सम्पूरण के प्रयास

दुर्बल हैं शब्द-पाश
विस्तृत है भाव-'काश
सीमा यह मेरी है
मेरी है
इसीलिए तेरी है
सबसे वह घेरी है

शिल्पी का असामर्थ्य
प्रतिमा : खंडित, उदास!
शिल्पी का असामर्थ्य?
संवेदन हैं अतर्क्य!

खंडित प्रतिमाओं में,
तानों में,
टूटे से गानों में,
'धूरी कविताओं में

पाओगे खोजो तो
सम्पूरण के प्रयास!
संसृति के मूलभूत
सत्यों पर जड़ीभूत
पर्तों पर पर्तें हैं
निविड़ अँध
रुँधे सभी द्वार रन्ध्र
कोशिश तो करते हैं
श्रम से कब हारे हम?
होते हम कब निराश?

नारसिसस

दिन भर मैंने मिहनत की है
खरीदार के मुस्कानों पर अपने को बेचा है–
बौद्धिक वेश्यावृत्ति जिसे कहता हूँ मैं।

छलना का बाज़ार गर्म है,
दुनिया ठग है,
मैं भी तुम सबको ठगता हूँ,
लेकिन पहले खुद अपने को।

नारसिसस ने, कहते हैं, अपनी छवि पर ही
मोहित होकर प्राण दे दिए।
वह उसकी छवि थी या उसके तीक्ष्ण अहं की,
अथवा मनु की सुन्दरता की प्रथम चेतना–
मैं क्या जानूँ
पर वह होगी सुन्दरता ही, इसमें तो सन्देह नहीं है।
उसने सुन्दरता को देखा,
और उसे महसूस किया।
उसके दिल का खून उतर कर
आँखों में जलजात बन गया
और बाँह का जाल फेंककर
सुन्दरता को उसने भींच कलेजे से चिपटाना चाहा
पर मछली–सी चिकनी वह
हर बार फिसल जलमग्न हुई!

नारसिसस ... मछली... सुन्दरता ...
हासिल ... अहं... व्यर्थ की बातें! असम्मृक्त, विच्छिन्न!
मैं तो सोच रहा था,
दिन भर माथा पीट-पीट कर रोजी की है,
नगर वधू के बासी फूलों की उतरी माला जैसा
कृष्ण पाख की तेरहवीं का चाँद
निकलने को आया
पर मेरी आँखों में सपनों
की कड़वाहट नहीं भला क्यों?
मेरे मस्तक की नसें तड़क कर
क्योंकर फटना चाह रही हैं?
और जीभ में स्वाद राख का
क्योंकर मैं महसूस कर रहा?

चाँद

चाँद वही है जो कल था।

कल जब मैं सपनों की परतें पलकों पर डाले
आसमान को देख रहा था
औ' पूरब की खिड़की से
मद्धिम प्रकाश काला-सा उजियारा भरने आया था
तब मैंने अनाहूत रहकर उससे मुँह फेर लिया था।

कल जो मुझको चाँद दिखा था
उसमें दिल के दाग, बुद्धि की क्रियाहीनता
और मनुज की हत आशा में छाँह दिखी थी;
मैं सीमा में बंधा
चाँद में
अपनी गोरी सुन्दर दुलहिन को पाने को आतुर-सा था;
पर वह तो था चाँद
न हँसता, गाता, रोता,
न चुम्बित या प्रतिचुम्बित होता
इसलिए वितृष्णा से भरकर मैंने
उससे मुँह फेर लिया था!

आज वही तो चाँद खिला है।
चाँद वही है;
'कल' भी अपने स्वस्थ और परिवर्तित ढंग से

खिलकर 'आज' बना है।

चाँद कमन्दें चांदी में मेरी खिड़की पर लटका
मुझको बुला रहा है।
आज देखता हूँ मैं आँखें फाड़–
चाँद एक दर्पण है,
जिसमें प्रतिक्षण अक्स नए खिंचते हैं।
वह दर्पण है,
किसी फ्रेम की काँच नहीं है
बासी-मुद्रा-युक्त-चित्र-विजड़ित।

यदि प्रतीक है चाँद प्यार का
तो वह ऐसा भँवर शक्तिमय नील सरित में
जिसमें सबका प्यार समाहित हो जाता है।
चाँद चाँद है,
चाँद बपौती नहीं किसी की।
वह सीमा में नहीं बँधा है।
वह सबका है, सब उसके हैं;
वह सबके दुख पर रोता है
औ' सबके सुख पर गाता है;
वह खिलता है आज कि कल भी खिलने वाला वही।

तितली, अन्तर्दर्शन और विश्वास

मेरी सन-सी-श्वेत-कुन्तला नानी जब
टूटे चश्मे को
अपनी आर्य-नाक पर रखकर
बंधे हुए डोरों से अपने कानों को कसती थी
तो मुझको लगता था :
विन्ध्याचल पर एक साथ दो श्वेत सूर्य उग
हँस उच्छृष्ट समानान्तर दो किरण फेंकते।

फिर नानी चंदन चर्चित झोली को
श्रद्धावनत माथ से छूकर
रामचरित मानस गुटका को यों निकालती
जैसे मैं नन्ही मुन्नी के गुलगुल तन को
एहतियात से गोदी लेता।
पर मेरे सच्चे आकर्षण का थी केन्द्र
काठ की छोटी कैंचीनुमा आसनी
जो रामायण का सिंहासन थी
और इसी से उस गुटके से मुझे घृणा थी!
जब नानी हिज्जे करती, हकलाती, रुकती
विषम राग से चौपाई पढ़ती थी–
'जासु राज प्रिय प्रजा दुखारी
तो नृप अवसि नरक-अधिकारी'–
तो मैं अपने दर्जे दो का ज्ञान लिए
संलग्न भाव से मदद किया करता था शुद्ध पाठ करने में

चूँकि स्वार्थ निहित था:
अगर कभी करुणार्द्र हुई नानी मेरी
(अपने आराध्य रामचन्द्र-सी)
तो मुझको यह प्यार सिंहासन मिल पायेगा
जो कि चपल नटखट तितली की आकृति का था!

सचमुच कितने प्यारे दिन थे!
जीवन का रथ इतनी जल्दी क्यों डग भरता?
मेरा सब कुछ लेकर मुझको
यदि वह वय कोई दे पाये
तो मैं फौरन सौदा कर लूँ
क्योंकि ज्ञान का भार बड़ा दुर्वह है–
ज्ञान कि मैं कितना अजान हूँ,
ज्ञान कि मैं कितना ओछा हूँ,
अपनी परिधि और सीमा में बंधे हुए घोंघे सदृश्य!

किस प्रान्तर की है निवासिनी, नहीं जानता
किन फूलों का रंग चुराकर
किन कटोरियों में वह उनको घोलघालकर
किस साँचे में ढाल किया करती लेपन–मैं नहीं जानता;
पर तितली है: मेरी प्रेयसि के ब्लाउज की छींट सदृश्य
जो मेरे कमरे में आई तो आई
आकर ग्रन्थों के अम्बारों पर चुपचाप बैठकर मुझे देखने लगी!
मैं अपनी कमज़ोरी की बात बताने बैठा
इसीलिए कह रहा :
अब कोई तेज मशाल सरीखी आँखों को
भूरी आँखों में डाल होंठ पर तिरछी रेखा लाकर
मस्तक तनिक हिला देता है
तो मैं विचलित हो जाता हूँ
क्योंकि मुझे लगता है–

आँखें मन की बात बता देती हैं
औ' मेरी 'चौबिस' घंटे में सतत चौकसी करने पर भी
परदे में लिपटी
'पैरों की जूती' बेपरदा हो जाती है।
औ' मैंने ज्योंही तितली को छुआ
कि यह लो 'फुर्र' हो गई!
इधर गई, वह उधर गई,
यह लो वह ओझल
शायद किसी और को यही पाठ सिखलाने,
आत्मबोध देने,
अपने को गुनने का वह मंत्र सिखाने।

आज घरौंदा टूट गया है–
सीपी से मोती निकलेगा?
वाष्पाच्छन्न दृष्टि को नई जोत मिल जाने से क्या
पथ प्रशस्त दीखेगा?
हाँ, संभव है, हाँ, संभव है,
नहीं नहीं, निश्चय है बिलकुल,
मानव बड़ा सत्य है सबसे–
उसमें शक्ति अपार भरी है;
मजबूरी तो बेचारी है–
'चलो जीत लें, चलो जीत लें!

शिव कुमार श्रीवास्तव

4 जुलाई 1922 को पचमढ़ी (म.प्र.) में जन्म।

डॉ. हरीसिंह गौर विश्वविद्यालय, सागर के पूर्व उपकुलपति। मध्यप्रदेश विधानसभा के सदस्य रहे।

प्रमुख कृतियाँ: उपन्यास–'कठपुतली का दौर' (1989) और 'खलीफों की बस्ती' (2000)।

कविता-संग्रह–'भेरी' (1945), 'मृत्युंजय' (1949), 'चेतना संकल्प-धर्म' (1967), 'तुम ऋचा हो' (1980), 'शहर सहमा हुआ' (1981), 'समय काग़ज़ पर' (1983), 'अरे यार सूरज' (1993)।

खंड-काव्य–'ताजमहल' (1950); लम्बी कविता–'नई ख़बर' (1951); गीत-संग्रह–'अल्पना रचना' (1989); निबन्ध-संग्रह-'संवाद-अनिवार्यता के विरोध में रचनाधर्मिता' (1999)।

बाल-साहित्य–'जमीन की कहानियाँ' (1989); कथा काव्य–कृष्ण क्यों जीते: राक्षस क्यों हारा? (1993)।

सागर से विधायक रहे और अनेक मजदूर संघों के संस्थापक अध्यक्ष रहे। म.प्र. हिन्दी साहित्य सम्मेलन, प्रगतिशील लेखक संघ से सम्बद्ध रहे, और अ.भा. शांति और एकजुटता समिति के अध्यक्ष के साथ-साथ वे चित्रकार और पत्रकार भी थे। 'जागृति', 'वसुधा' आदि पत्रिकाओं के सम्पादन सहयोगी थे।

नये युग का नया इतिहास होना चाहिये कोई

बहुत इतिहास अब तक पढ़ चुके हैं हम,
बहुत इतिहास अब तक गढ़ चुके हैं हम!
मगर अब तक बहुत आगे वहाँ से बढ़ चुके हैं हम।
बहुत-सी सीढ़ियाँ नूतन अभी तक चढ़ चुके हैं हम!
बहुत-सी पीढ़ियाँ बीतीं कि जब सामन्तशाही का जमाना था
कि जब सत्ता किसी सम्राट की, भगवान का अवतार होती थी!
कि जब भगवान के भी हाथ में तलवार होती थी।
कि जब बस तीर औ' तलवार की ही छाँह में
सब धर्म पलते थे।
नहीं तब सोचने का भी हमें अधिकार होता था!
सहज अज्ञान में संसार का शिशुभाव रोता था!
कि उसकी सहज जिज्ञासा, दबा दी अन्धविश्वासी प्रथाओं ने,
पुरोहित और पण्डों ने, पुराणों की कथाओं ने!

–पिला जैसे अफीमो दूध–कुछ रोते हुए शिशु को
चतुर दाई सुला देती, नशे में सब भुला देती!
बहुत दिन इस तरह अज्ञान में बीते।
नशे की झोंक में अज्ञान को पीते।
मनुज के रक्त पर पलते हुए, बढ़ते हुए, अज्ञान को जीते।
हुकुम करते हुए जग पर रखे परमात्मा का रूप,
उस सामन्त शासक या

किसी हैवान को जीते, किसी शैतान को जीते।
बहुत दिन इस तरह अज्ञान में बीते।
मगर वे अन्धविश्वासी हमारी वृत्तियाँ सब मिट चुकी हैं अब।
समय के फौलाद जैसे दृढ़ करों से रूढ़ियाँ सब पिट चुकी हैं अब।
कि खिड़की खोल पूरब की किरन झांकी।
तिमिर पर छा गई हँस कर किरन बाँकी!
पुरातन विश्व के विश्वास खण्डित हो गये सारे,
कि जैसे रात के तारे।
"नया युग आ गया है अब!"
समय पाषाण पर लिखती किरण टाँकी।
नये जग का नया विश्वास होना चाहिये कोई!
नये युग का नया विश्वास होना चाहिये कोई!

नये इतिहास के पन्ने नहीं खूँ से लिखे जायें!
नये इतिहास के अध्याय को चारण नहीं गायें!
नये युग का नया खाका न भाटों के अधर पर हो!
नये युग का चरण पहला हमारे स्नेह स्वर पर हो!
नया इतिहास ऊँचा कर सके सब लोक का माथा!
किसी भी मनचले महराज की उसमें न हो गाथा!
कहाते विश्वजेता जो—मगर अपनी महत्वाकांक्षाओं पर
नहीं जिनका कभी कुछ वश!
कि अपनी चाह से हारे!
कि जिनकी साध छोटी-सी सहस नरमेध का कारण!
उन्हीं का गान करता है, तुझे धिक्कार है चारण!
कि तूने गीत गाये हैं प्रासादों के, प्रमादों के
महल की ही खुशी के औ' विषादों के!
नहीं तू गा सका नीचे उतर कर गीत जनता के,
कि कालिख पोत दी मुँह पर हमारे बाप दादों के!
अरे, इतिहास के लेखक! तुझे मैं कहूँ ओ' नाश के लेखक!
नहीं की बात कुछ भी विश्व के निर्माण को तूने!!

लिखा हैवान का लेखा, नहीं कि बात कुछ भी हाय रे इन्सान की तूने!
हमेशा फौज-फाटों की, महल के ठाट बाटों की
कथा कहता रहा रे तू महल के फूल काँटों की।
नहीं की बात कुछ भी हाय रे खलिहान की तूने।
विभव पर बिकता रहा यूँ ही!
हमेशा विभव की लिखता रहा यूँ ही!!!

लिखी तूने हमेशा बात राजों की, कहीं के तख्त-ताजों की।
कि जिनके कृत्य को पढ़कर हमारा सिर नहीं उठता।
घृणित कितनी हवा संसार की तेरे धुआँ दुर्गन्ध–
यह वातावरण कैसा-कि जिसमें हाय दम घुटता।
कि इस वातावरण में मनुज का शिशु रह नहीं रह सकता,
कि ऐसे धुएँ औ' दुर्गन्ध को वह सह नहीं सकता।
नया अँकुर नई इन्सानियत का जो अभी ऊगा–
उसे दूषित विचारों के तुषारों से बचाना है!
पनपने को उसे विस्तृत–
नई धरती, नया आकाश होना चाहिये कोई!
नये जग का नया इतिहास होना चाहिये कोई!

नई पीढ़ी पढ़े कुछ–इस तरह की तवारीखें!
न हों पीटी गई जिसमें पुरानी ही घृणित लीकें!
न हो जिसमें कहीं खूँरेजियों का गम।
जिसे पढ़कर न टूटे, हाय रे! इन्सानियत का दम!
न चर्चा हो कपट की या फरेबों की!
न चर्चा हो कहीं तलवार तेगों की!
किसी की मौज के पीछे नहीं फौजें कटें जिसमें
मनुज के रुन्ड-मुन्डों से नहीं धरती पटें जिसमें!
कि वह इतिहास दो इन्सान के हाथों में पढ़ने को!
उसे जो कर सके प्रेरित नया ही विश्व गढ़ने को!
कि जिसमें अज्ञानता की खुल सके जंजीर दुनिया की!

कि जिसमें हो नई तस्वीर दुनिया की।
लिखे उसको वही जिसने समझ ली पीर दुनिया की!
कि पूँजीवाद का जिसमें जनाजा हो!
नये निर्माण का जिसमें तकाजा हो!
नई ही एक संस्कृति हो–नई हो सभ्यता जिसमें
मनुज के रूप की अंकित–नई हो भव्यता जिसमें!
कि जिसको पढ़ करें हम गर्व का अनुभव!
हमें जो दे नया गौरव!
कि जिसमें मौत को कर दे पराजित ज़िंदगी का श्रम!!

नया नगमा नया इन्सान गाता हो,
कि बंजर भूमि जो उर्वर बनाता हो!
बहारों को चमन में हँस के पाता हो!
नया ही प्यार का उन्मेष हो जिसका,
नया ही प्यार का सन्देश हो जिसका!
कि सीमा तोड़ दे जो क्षुद्रता को एक ही पल में!
जिसे हो आस्था निश्छल हृदय के प्यार के बल में।
उसी के हाथ में हो सूत्र सब निर्माण के नूतन!
पुराने राजमार्गों पर बहुत भटके, बहुत भूले!
नये पथ का कि अनुसंधान करना है।
कि हाँ निर्माण करना है।
नई मंजिल! सहज झिलमिल, वहाँ तक पहुँचने की मीत–
नूतन, राह होनी चाहिये कोई!
नई ही चाह होनी चाहिये कोई!
स्वयं को दूसरों पर जो मिटाने का, सहज उल्लास लाने का,
उन्हें आबाद करने का हमें बल दे–कि संबल दे!
कि जो बलिदान पर अपने, करे साकार वे सपने।
कि जिसमें मनुज की अच्छाइयों के प्रति सहज निष्ठा।
नये इन्सान की जिसमें प्रतिष्ठा हो–
नई ही प्यार की वह प्यास होना चाहिये कोई!
नये युग का नया इतिहास होना चाहिये कोई!

मैं सिक्का हूँ लेकिन खोटा

मैं सिक्का हूँ लेकिन खोटा
मैं ढला नहीं टकसालों में,
मैं चला नहीं उन चालों में
जिनमें कुछ लोग चला करते हैं
शहरों की सीमेंट रोड पर तेल डालकर बालों में!

सब सिक्कों जैसा मेरा उजला अंग नहीं
सब सिक्कों जैसा मेरा जमता रंग नहीं!
सब सिक्कों जैसी होती मेरी कद्र नहीं,
सब सिक्कों जैसी मेरी तरल उमंग नहीं।
वैसी मेरी आवाज़ नहीं
वैसे नाजो-अंदाज नहीं
यद्यपि मुझ पर भी छाप वही,
इस नाक नक़्श का नाप वही,
जिनको सब कहते हैं मनुष्य
हैं मेरे भी माँ-बाप वही,

कुछ फरक नहीं है ढाँचे में
जिसमें ढलकर आया हूँ मैं–
उस साँचे में।

मैं खोटा मगर उतरता हूँ
दुनिया के परखे-जाँचे में!

पहले मुझको अभिमान रहा
पर कुछ दिन ही अनजान रहा
समझा सब मेरे भाई हैं–
पर उन सबने नादान कहा।
जल्दी ही मेरी आँख खुली,
क्या कहूँ ज़ोर कितना होता
चाँदी के एक तमाचे में।
बस मुझको उस दिन ज्ञान हुआ
मैं खोटा जिस दिन उतर गया
दुनिया के परखे-जाँचे में।

वे बोले, 'ये तो खोटा है
इसमें चाँदी का टोटा है।'

सब सिक्कों-सा
था मेरा उजला गात नहीं,
बस इससे मेरी मात रही,
बस इसीलिये इस दुनिया में
मैं ठीक-ठीक से चल न सका।
कुछ भी मैं यहाँ खरीद सकूँ–
इतना भी मेरा मोल नहीं।
कुछ असर कभी पैदा करते
दुनिया पर मेरे बोल नहीं!

वैसे चाँदी के सिक्कों पर बेचे हैं गीत भवानी ने,
वैसे चाँदी के सिक्कों पर बेची है प्रीत जवानी ने,
ईमान बिका करता चाँदी के सिक्कों पर!
अस्मत का मोल हुआ करता है चाँदी से,
चाँदी के बेटे बड़े हुआ करते हैं नेहरू-गांधी से।
चाँदी के सिक्कों की रौनक

दुनिया के सभी बाजारों पर!
चाँदी के सिक्कों की आभा
मंदिर के दर-दीवारों पर!
भगवान बिका करते चाँदी के सिक्कों पर!
ईमान बिका करता चाँदी के सिक्कों पर!

बस मार्केट में धूम हुआ करती
चाँदी के सिक्के की।
जैसे होती है धूम ताश में
एक तुरुप के इक्के की।

इस सिक्के से ही दुनिया प्यार किया करती,
इस सिक्के पर ही सब कुछ वार दिया करती।
मैं भी सिक्का हूँ, पर खोटा!
दुनिया पर मेरी धाक नहीं!
बैंकों में मेरी साख नहीं!

मेरी गति मेरी दुर्गति है
दुर्बलता है,
लाचारी है।

जिन हाथों में पड़ जाता हूँ
उन हाथों में अड़ जाता हूँ।
उनकी दुविधा
अपनी गति पर
शरमाता हूँ, गड़ जाता हूँ,
ऐसे क्षण में लगता मुझको
कुछ भी जीवन का अर्थ नहीं,
कुछ भी मेरी सामर्थ्य नहीं!
मुझमें विनिमय की शक्ति नहीं,

मुझमें लोगों की भक्ति नहीं,
आसक्ति नहीं,

मैं चाय नहीं पिलवा सकता!
मैं पान नहीं खिलवा सकता!
इसलिये किसी भी कुत्ते से
मैं पूँछ नहीं हिलवा सकता।
मैं लिटरेचर में खप न सका।
इसलिये कहीं भी अख़बारों में
मेरा फोटो छप न सका।
हैं राजनीति में भी 'खन् खन्'
बजने वाले सिक्के चलते!
है कभी प्यार की दुनिया में
होता मेरा निर्वाह नहीं।
"उनको मेरी परवाह नहीं।"
मेरा समाज में मान नहीं।
कवियों में मेरा गान नहीं।
सब बड़े-बड़ों की दुनिया में
मैं अदना हूँ
मैं छोटा हूँ!
मैं सिक्का हूँ,
पर खोटा हूँ।

(साप्ताहिक 'उदय', नरसिंहपुर, 11 फरवरी, 1952)

समझो कुछ होने वाला है

समझो फिर नई दिवाली की तैयारी है
समझो फिर धरती गूँथ रही
ज्वालामुखियों की माला है!
समझो कुछ होने वाला है!

जिस रोज हवा भारी, भारी हो जाय, साँस लेना दूभर,
जिस रोज आदमी का हँसना-मुस्काना मुश्किल हो भू पर!
जिस रोज दिशाओं के दिल में खिंच जाय अचानक सन्नाटा,
बन जाय आग जिस दिन पानी, हर कली बने जिस दिन काँटा,
हो रात, चाँदनी भी, लेकिन जिस रोज कुमुदिनी नहीं खिले,
जिस रोज कमल की पँखुरियों को हँसने का साहस न मिले,
समझो खुमार की हालत में भूकम्प अभी अँगड़ाएगा,
औ' मिट्टी की तह के नीचे
समझो फिर जागी ज्वाला है!
समझो कुछ होने वाला है!!

जिस रोज समीरण सौरभ की पायल उतार दे पाँवों से,
जिस रोज आदमी की मूरत घायल पुकार दे गाँवों से!
हो धुआँ मौत की चिमनी का जिस रोज शीश पर शहरों के,
बेड़ियाँ पड़ी हों पाँवों में जब नवजीवन की लहरों के!
जब लगे कि अब शैतान जीत लेगा महान आदमी का,
जब लगे कि अब मर जायेगा चिर सत्य महान आदमी का!

जब लगे कि टूटी बीन, दिनों का फेर हुआ

जब लगे कि दीपक क्षीण सजग अंधेर हुआ!
जब मिले कहीं भी तम सागर का छोर नहीं,
जब लगे कि शायद अब आयेगा भोर नहीं!
तब सुबह जागरण की मशाल ले हाथों में–
समझो आने वाला नूतन उजियाला है!
समझो कुछ होने वाला है!

जिस रोज कृषक 'सक़ते' में हो, जिससे खेतों में हल न चले,
ले गीत कुदाली हँसिये और हथौड़े का, जब मजदूरों का दल न चले,
जब पाल खोल कर मौजों पर उड़ने वाली कश्तियाँ न हों,
मन हों लेकिन मस्तियाँ न हों, हों लोग मगर बस्तियाँ न हों!
जिस रोज नुहूसत का पहरा हो बच्चों की किलकारी पर,
जिस रोज तितलियाँ सहमी हों, रौनक न रहे फुलवारी पर!

जब लगे कि अब निर्माण नाश में दफन हुआ,
जब लगे कि आँसू मुस्कानों पर कफन हुआ!
जब लगे कि सेना खड़ी हुई है कंसों की,
तब समझो अन्तिम घड़ी आ गई ध्वंसों की!
औ' कारागृह में जनम ले चुका है विप्लव,
फिर नये सृजन ने समझो होश सम्हाला है।
समझो कुछ होने वाला है!

दे रही ज़माने को खबरें ये फिजा खुले संकेतों में,
ले चुका जन्म है इन्कलाब जेलों में, मिल में, खेतों में!

तैयार फौज हो मतवाले फाँसी पर गाने वालों की,
अपने ही हाथों से अपना सिर काट चढ़ाने वालों की,
कुर्बानी का त्यौहार खड़ा खटखटा रहा दरवाजे को,
ओ निर्माता! चल कंधा दे ध्वंसों के उठे जनाजे को!
मिटने वालों को आज बगावत का पुरज़ोर तक़ाज़ा है

इस इन्कलाब में–विप्लव में, हर नौजवान का साझा है!
हो गया शुरू अभियान आज शोषितों, पीड़ितों, दुखियों का,
किस में दम है मुँह बन्द करे जो दहके ज्वालामुखियों का?
तूफ़ानों का कारवाँ विकल है चलने को,
क़ाफिला आँधियों का बेचैन मचलने को,

मौजों की फौजें निगल विशाल जहाजों को,
हैं मिटा रहीं शोषण पर पले समाजों को!
है बाँध नहीं बँध सकता इन जीवित उमड़े सैलाबों पर,
तम का दीपों के सैलाबों पर!
तम कितना ही बलवान रहे मिट जायेगा
दीपों के हाथों में किरणों का भाला है!
समझो कुछ होने वाला है!

(साप्ताहिक 'प्रहरी', जबलपुर, दीपावली विशेषांक; 1956 के पूर्व प्रकाशित)

हम बदल देंगे ज़माने की हवा

फूल हूँ, हर वक्त हँसना चाहिए
चमन की रौनक़ मुनहसिर इसी पर!
क्या पता लेकिन ज़माने को यहाँ
ज़िंदगी में गुज़रती क्या किसी पर?
ओठ कोशिश कर रहे फिर भी कि मुस्काते रहें,
नई ख़ुशबू से भरे कुछ गीत भी गाते रहें!
मगर शबनम की दयानतदारियाँ–
आँसुओं से भर गई जो क्यारियाँ!
जन्म से ही गोद काँटों की मिली,
ज़िंदगी अनजान काँटों में खिली,
और काँटे हैं कि जो तीखे बहुत,
घाव करने का हुनर सीखे बहुत!
चूम भी लें जो कभी यदि प्यार से,
कम न हो चुम्बन किसी अंगार से!
फूल का नाजुक कलेजा चीर दें
हर घडी कोई नई ही पीर दें!
बागबाँ के जुल्म की क्या बात है--
जो खिला उस फूल पर आघात है!
तोड़कर उस फूल को वह बेरहम--
हा! सुई से बेध कर करता सितम!
फूल की क्या ज़िंदगी है इसलिये
आँसुओं के घूँट जीवन भर पिये?
सेज पर आकर मसल दे मौत हँस

औ' जिये तो हाय काँटों में जिये!
या कि पूजा में किसी पाषाण की,
बलि चढ़ा दें लोग उसके प्राण की!
सब सहे वह मगर कुछ बोले नहीं,
बगावत के बाँध को खोले नहीं!

ज़िंदगी भर एक धोखा पाल कर,
वह हँसे दुख-दर्द गम को टाल कर,
जुल्म का जो दौर है चलता रहे!
फूल को खुद बागबाँ छलता रहे!
यह बहुत दिन तक हुआ संसार में,
बहुत दिन बहते रहे हम धार में!
अब अधिक दिन तक नहीं ऐसा चलेगा!
बन यों ही जुल्म फूलेगा फलेगा!
आज फूलों को सम्हलना चाहिये,
ज़िंदगी का रुख़ बदलना चाहिये!
जुल्म के मुँह पर तमाचा मार कर--
यों चलो देखें खडा संसार भर!
क्या लड़ेगा यह सुकोमल फूल है?
–सोचना ऐसा सरासर भूल है!
इरादे अपने अगर फौलाद हों–
तोड़ कर जंजीर हम आजाद हों!
फूल से तलवार कट जाये यहाँ,
हँसी में तखता उलट जाये यहाँ!
तोड़ दें हम नोक कांटों की यहाँ,
फूल का लोहा समझ ले बागबाँ!
इंक़लाबी जोश के दौरान में,
जुल्म की हस्ती नहीं मैदान में,
रह सके जो सामने अपने खड़ा
सुरभि के पागल हुए तूफान में!

फूल को हर वक्त हँसना चाहिये
किन्तु उसके वास्ते माहौल हो!
हम बदल देंगे ज़माने की हवा
यह हमारी क़सम हो, यह क़ौल हो!

(साप्ताहिक 'नया खून', नागपुर, प्रकाशन तिथि अज्ञात)

मंदिर का कलश और नींव का पत्थर

तुम हो मंदिर के कलश और मैं नींव का पत्थर हूँ।

तुम हो महान गौरवशाली दुनिया की नज़रों के भ्रम में,
तुम चमक रहे उजियाले में, मैं पड़ा हुआ हूँ इस तम में।
तुम सब के ऊपर भार और मैं भार उठाने वाला हूँ,
तुम लोहू पीने वाले हो, मैं प्यार लुटाने वाला हूँ।
तुम शासन करते हो जग का, मैं दबा भार से लेटा हूँ,
तुम हो मिट्टी के पुत्र और मैं भी धरती का बेटा हूँ।
फिर भी हममें है बहुत फ़र्क, यह बात जानती है दुनिया।
तुमने दुनियाँ को किया नरक, यह बात मानती है दुनिया।
मालूम तुम्हें मैं सदा स्वर्ग की रचना में तल्लीन रहा,
मैं सब पर हुआ निछावर, खुद कुछ भी न रहा।
इसलिये तुम्हारी नज़रों में मैं हाय हमेशा दीन रहा।
हर वक्त तुम्हारा स्वप्न मगर इस दुनिया में रंगीन रहा।
हर वक्त तुम्हारी चमक-दमक से भरा हुआ वैभव असीम--
बरबस ही दुनिया से उसके इस सुख-सुकून को छीन रहा।
तुमने दुनिया में राज्य बहुत दिन तक भोगा,
पर बहुत दिनों अब यह बरदाश्त नहीं होगा–
यह तय करके मैं सम्हल रहा हूँ, अय सोने!
लो आज तुम्हारी हर हरकत का उत्तर दूँ।
तुम हो मंदिर के स्वर्ण कलश
मैं एक नींव का पत्थर हूँ।

मैं निर्माणों के लिये स्वयं मिट जाने वाली पीढ़ी हूँ,
जिसकी छाती पर चढ़ कर युग नभ को चूमे वह सीढ़ी हूँ।

मैं जीवित और ज्वलंत एक इतिहास स्वयं बलिदानों का,
अपने सीने पर बोझ रखे भारी-भारी चट्टानों का--
मैंने चाहा ऊँची, हाँ ऊँची हों मंदिर की दीवारें,
अपने समाज के लोगों को बढ़ता देखूँ–ये मनुहारें।
इस सपने पर मैंने अपने सपनों को चकनाचूर किया,
औरों के लिये स्वयं मिट जाने को खुद को मजबूर किया।
लेकिन, लेकिन मेरा वह सपना भी तो यों ही टूट गया,
मैं बहुत दिनों तक रखे रहा धीरज लेकिन वह छूट गया।
इसलिये आज होकर अधीर मैं सहसा डोल उठा ऐसे,
इसलिये आज होकर अधीर मैं सहसा बोल उठा ऐसे,
जो बहुत दिनों खामोश रहा, सहता आया,
मैं उसी दलित का, शोषित का विद्रोह भरा जलता स्वर हूँ।
तुम हो मंदिर के कलश और
मैं एक नींव का पत्थर हूँ।

पत्थर के मंदिर के अन्दर है एक देव भी पत्थर का,
बन गया स्वर्ण ही आभूषण मैं देख रहा उसके सर का।
उसके हाथों में, पाँवों में, गरदन में सोने की साँकल।
मैं देख रहा हूँ सोने के पीछे हो रहा विश्व पागल।
मैं देख रहा हूँ, पूज रही है सारी दुनिया सोने को,
कर दिया विषाक्त कि सोने ने दुनिया के कोने-कोने को।
औ' चमक भरा सोना समाज की छाती पर चढ़ बैठा है,
औ' इस समाज में जहर स्वर्ण की लिप्सा का दृढ़ पैठा है।
पत्थर के सर पर बैठ गया सोना तो बैठ गई जड़ता।
वरना क्या यह न विषमता के इस शासन से उठ कर लड़ता?
वरना क्या यह देखा करता जुल्मों का शासन मुर्दों-सा?
वरना क्या यह अपमान जहर को पी लेता नामर्दों-सा?
लेकिन मैं पत्थर का प्रतिनिधि उसकी मजबूरी समझ रहा–
मैं पत्थर का तूफान लिये साँसों में उठा बवण्डर हूँ।
तुम हो मंदिर के कलश और
मैं एक नींव का पत्थर हूँ।

तुम आसमान में चमक रहे मद में वैभव की सत्ता के।
तुम हो प्रतीक सामन्तों के, प्रतिनिधि हो स्वर्ण महत्ता के।
तुम साम्राज्यों के विजय केतु, इतिहास मनुज भेदों के।
तुम कारण मूलभूत जग में, मानव के दुख के, खेदों के।
तुम चमको नभ की किरणों में, तुम आसमान से बात करो,
अपनी रंगत से दुनिया की हर रंगत को तुम मात करो।
सोने के कलश! मानता हूँ दुनिया में शासन सोने का,
यह बहुत दिनों तक हुआ, मगर अब आगे यही न होने का।
वह घड़ी दूर अब नहीं कि जब मैं लेने वाला हूँ करवट,
वह घड़ी दूर अब नहीं कि जब तम के बंधन जायेंगे कट
मैं बिखरा दूंगा इस समाज के मंदिर की ये दीवारें।
मैं बिखरा दूंगा इस समाज की ऊँची-ऊँची मीनारें।
मैं वहाँ छोड़ दूंगा सब को जिस जगह नया निर्माण चले,
औ' खुली हवा में नई साँस लेकर फिर से इनसान चले।
आने वाली उस दुनिया में सोने का गान नहीं होगा,
सोने-चांदी के टुकड़ों पर बिकता इन्सान नहीं होगा।
मैं देख रहा हूँ एक नये युग का सपना,
मैं इन्कलाब हूँ, आता हुआ युगान्तर हूँ।

(साप्ताहिक 'चेतना', भोपाल, 15 अगस्त विशेषांक, 1954)

समानांतर रेखाएँ

समय काग़ज़ है कि जिस पर
नित्य रेखाएँ
किन्हीं अदृश्य हाथों से
खिंचा करतीं,
मिटा करतीं!
बहुत-सी मिट चुकीं–
औ' मिट भी रही हैं!
और नूतन बहुत-सी बन भी रही हैं!
काल के विस्तार की सीमा नहीं है!
समय के अधिकार की सीमा नहीं है!
समय काग़ज़ है कि जिसके
क्षेत्रफल का है नहीं, कुछ ज्ञान जग को;
उभरती हैं जो लकीरें समय के विस्तृत पटल पर–
बहुत छोटी हैं कि जैसे वक्ष पर
निस्सीम नभ का एक तारा!
या कि सागर के किनारे
रेत का कण,
या कि छाती पर समुन्दर के
लहर का स्वप्न जीवन!
समय की निस्सीमता का
है नहीं अनुमान जग को।
समय काग़ज़ है कि जिसके क्षेत्रफल का
है नहीं कुछ ज्ञान जग को।

समय काग़ज़ के किसी अनजान हिस्से पर
खिचीं हैं दो लकीरें।
एक तुम हो,
एक मैं हूँ।
और ये दोनों लकीरें
पास इतनी हैं कि कुछ दूरी नहीं है!
हाय, लेकिन
इस निकटता से बड़ी संसार में कुछ और मजबूरी नहीं है।
पास हैं हम
किन्तु मिलन भी संभव नहीं,
मुमकिन नहीं है!
दिशा गति की हाय!
दोनों की वही है!
लक्ष्य दोनों का वही है!
है नहीं कुछ फ़र्क जीवन में हमारे!
किन्तु कुछ उल्टे पड़े अपने सितारे!
इसलिए इस धरातल पर
समय के,
दोनों लकीरें
—समानान्तर!
पास हैं लेकिन हमारे बीच का अन्तर निरन्तर!
दिशा गति की हाय दोनों की वही है,
पर मिलन मुमकिन नहीं, संभव नहीं है!
एक अथ है, एक पथ है;
ज़िंदगी की एक गति है
एक अपना मनोरथ है!
एक अपनी साधना है,
एक ही आराधना है;
कामना है, वासना है!
एक अपनी कल्पना है,

एक है सपना हमारा!
एक मन अपना हमारा!!
किन्तु केवल सत्य है!
इतना कि हम दोनों अलग हैं!
इस धरातल पर समय के
दो समानान्तर लकीरें
जो कभी हिलतीं नहीं हैं।
जो कहीं मिलती नहीं हैं,
इसलिए हँसती नहीं, खिलती नहीं हैं!
क्या पता कैसा नियम है?
सत्य है यह याकि भ्रम है?
पास इतनी हैं कि कुछ दूरी नहीं है!
हाय! लेकिन इस निकटता से बड़ी,
संसार में कुछ और मजबूरी नहीं है!
जरा भी हिलने न पाएँ,
पास होकर भी कभी मिलने न पाएँ!
जान कर भी हम रहें
जैसे कि हों अनजान दोनों।
मिलन को हरदम तड़पते ही रहें
ये प्राण दोनों!
प्यार की बर्बादियों की
सहज सीधी-सी नजीरें
समय के इस धरातल पर ज़िंदगी की दो
समानान्तर लकीरें।

(प्रकाशन तिथि अज्ञात, 1956 के पूर्व रचित)

ऐसा दीपक खोज रहा हूँ

ऐसा दीपक खोज रहा हूँ
जिसकी शिखा न उगले काजल
जिसके तले न हो अँधियारा!

बीते दिवस, मास, युग बीते, बीते कितने कल्प न जाने,
जन्म-मरण की सीमाओं के पार सजग संकल्प अजाने!
जीवन साँसों के पाशों में क्वाँरी आशाओं के प्यासे,
देख रहे हैं, फेंक रहे हैं, कब से प्रलय-सृजन के पाँसे।
हर बाजी में हार जीत है, हार जीत का लेखा-जोखा,
जाने कब से चला हुआ है, इसी तरह यह खेल अनोखा!
हर बाजी में फँसे, उल्टे गिरे कि आखिर मात हो गई!
हर संध्या में सूरज ऐसा डूबा जिसमें रात हो गई!
इन सब हारों पर भी जाने-
क्यों मेरी विश्वास न हारा!

इतनी बेचैनी है जिसका कोई भी अंदाज नहीं है,
मेरे स्वर का साथ दे सके, ऐसा कोई साज नहीं है!
इतनी घुटन भावनाओं की, जिन्हें गीत में बाँध न पाया,
जाने कैसी बेचैनी में गीत उठाया, साध न पाया!

मेरे जी में पारावार स्नेह का जिसमें ज्वार विकल है,
किसी दीप में स्नेह दान कर देने का अधिकार विकल है।
मैं अनादि से जला रहा हूँ इस मिट्टी के दीप हजारों,

जीवन की गति में दुनिया में आये लोग समीप हजारों;
सब पर मेरी माया ममता, सबसे मेरी स्नेह सगाई,
सब को स्नेह दान कर मैंने ज्योति जगाई,
लेकिन हर दीपक के नीचे मिला मुझे अँधियारा हँसता
हर दीपक की क्षीण शिखा पर मिला
कलुष काजल का बसता!
इसे पराजय मानूँ या क्या? तुम्ही बता दो–
जिसे मिटाने दीप जलाया
वही तिमिर हो गया दीप को इतना प्यारा?

ऐसा दीपक खोज रहा हूँ जिसके तले न हो अँधियारा
जिसकी शिखा न उगले काजल!

(प्रकाशन तिथि अज्ञात, 1956 के पूर्व रचित)

ये तम का घूँघट

ये तम का घूँघट इस आभा ने
मुँह पर क्यों डाल रखा है?

पिघले हुए रूप के सपनों-सी वह दीपशिखा लहराती,
किन्तु तिमिर के सात-सात पर्दों के पीछे वह मुस्काती!
और हजारों परवानों के अरमानों में एक दहक है,
दूर देश में कहीं खिला है सुमन, पवन में अजब महक है!
लाख-लाख भँवरों के मन में जिसका आमंत्रण डोला है,
और पहुँचने उसी कुसुम तक सब भँवरों में एक बहक है!
ऐसी ही बेचैनी तम के पीछे जलती हुई शमा में
सदा भटकते परवानों का दीपशिखा ने ख्याल रखा है!

इस कारण यह बहुत दिनों तक रख न सकेगी सबको भ्रम में,
और सदा ही रह न सकेगी सुन्दरता की आभा तम में!
बहुत दिनों तक कभी किसी के मुँह पर घूँघट नहीं रहा है,
सदा अछूता पीने वालों से मधु का घट नहीं रहा है!
लाज आज ही या बस कल तक, सदा नहीं होगी ऐसी है,
सदा दूर पतवारों वाली नौका से तट नहीं रहा है!

मंजिल भी तो है राही से मिलने को बेचैन बराबर,
नहीं अकेले राही ने ही यह उन्माद सम्हाल रखा है!
फिर तम का घूँघट इस आभा ने मुँह पर क्यों डाल रखा है?

वैसे कितने ही हिरनों ने मरुथल की इस निष्ठुरता पर,
प्राण दे दिये तड़प-तड़प कर अपनी तृष्णा की गुरुता पर!

मगर एक विश्वास अभी भी मरु में भटक रहे हिरनों में-
भर देंगे तम चीर झाँकने की बेचैनी वे किरनों में!
और एक दिन निष्ठा वाले मृग की जलती हुई प्यास से,
सागर बन कर लहरायेंगे बँधे मरुस्थल लहर पाश से!

क्योंकि तप्त सिक्त में व्याकुल भटक रहे हर प्यासे मृग ने
इस सागर का स्वप्न सुनहला अपने मन में पाल रखा है!
फिर तम का घूँघट इस आभा ने मुँह पर क्यों डाल रखा है?

(प्रकाशन तिथि अज्ञात, 1956 के पूर्व रचित)

तुम नहीं रहोगी यदि मेरे जीवन में

तुम नहीं रहोगी यदि मेरे जीवन में
क्या अर्थ रहेगा फिर मेरे जीने का?
तुम हँस न सकी जो सुधापान करके ही
क्या मतलब होगा मेरे विष पीने का!
जीवन की उन रीती-रीती घड़ियों में
क्या होगा इन जजबातों के ज्वारों का?
संदेश पवन ले जा न सकेगी तुम तक
जब वीना की इन बेकल झँकारों का?
केवल विषाद सपनों की हर अर्थी को
सुलगा कर अगर छोड़ देता मन के मरघट पर
तुम जिन्हें पोछ देती अपने आँचल से
क्या होगा उन आँसू के त्यौहारों का?
उस पतझर में हो जायेगा बेमतलब
मेरी मुस्कानों की कलियों का खिलना!
तब और-और बोझिल कर देंगी साँसें
यादों में-अपना आज अकेले मिलना!
कब तक पीड़ा का तौल करेगी तब यों
साँसों में साधों की बरबाद कहानी?
कब तक अपनी ही लाश लिये साँसों पर
मजबूर चलेगी यों ही मिटी ज़वानी?
विश्वास ज़िंदगी से ही उठ जायेगा-
तुमने तोड़ा विश्वास अगर प्राणों का,
सच बहुत दूर हो जायेगा तब मुझसे

वरदान मिला है जो मुझको गानों का।
विश्वास आज है गीतों की ताकत में
जिनसे दुनिया को कभी हिला सकता हूँ,
जिसकी कि मौत हो रही घृणा के हाथों
उसको मैं जिससे हाय! जिला सकता हूँ!
उन गीतों की ही अगर मौत हो जाये,
कह दूँगा मैं उसको किसकी बेरहमी?
रह जायेगी शायद 'सकते' में आकर
मेरे प्राणों की हर धड़कन तब सहमी!
शायद कुछ मेरी पीड़ा कह न सकेगी
आँखों से आँसू बन कर बह न सकेगी
दुनिया की छलना सहें सत्य की कलियाँ

तुम यही करोगी तो ये सह न सकेंगी!
दुनिया का रूप बदल देने के सपने
कुछ नहीं, बहुत कुछ कर जाने की साधें,
जिससे हर आँगन में हो नया तराना
ऐसा ही कोई स्वर पाने की साधें
सब सौंप चुका हूँ तुम्हें, सम्हालो इनको!
अपने गीतों में बाँधो गा लो इनको!
जिस दिन विभेद की दीवारें ढह जायें–
हर क्षण लाता है पास हमें उस दिन को!
लेकिन दृढ़ता के बिना नहीं यह संभव,
जिसको हमसे यह जीवन माँग रहा है,
थोड़ा अपने मन के भीतर तो झाँको–
क्या नया सबेरा वहाँ न जाग रहा है?
क्या अँधकार के इस अछोर शासन में
बुझ जायेगी ये शमा प्यार की बेबस?
पतझर के छोटे-से प्रवास के आगे
चुक जायेगी मस्ती बहार की बेबस?

क्या ध्वंसों के कोलाहल में, गर्जन में
खो जायेगी निर्माणों की भी निष्ठा?
अपने आदर्शों की हत्या करके ही,
पाषाणों में होगी क्या प्राण प्रतिष्ठा?
मैं नींद चाहता हूँ कि सत्य का सपना,
सपने के सच के लिये व्यर्थ ही टूटे;
अपने ही आगे गुनहगार हम होवें
आने से ही हम खुद हो जावें झूठे।
यह प्रश्न नहीं है केवल अपना ही तो
यह है सवाल आने वाली पीढ़ी का!

ऊँची उठ सके जरा कुछ थोड़ी दुनिया
हमको बनना होगा पत्थर सीढ़ी का!
हम अभी खड़े हैं दो राहे के सम्मुख–
बस यहीं जरा थोड़ी मजबूरी होती;
लेकिन इतना है कहना तुमसे मुझको
दो बात पथिक के लिये जरूरी होती!
अपनी मंजिल का ज्ञान ठीक से होना,
फिर अपने पथ पर दृढ़ता लेकर बढ़ना!
यह लिखा हुआ रहता है अपने मन में
तुम जरा ध्यान से मन की गीता पढ़ना!
बाहर के कोलाहल से ध्यान हटा कर
थोड़ा-सा झाँको भीतर अपने मन के
तो तुम्हें मिलेगा एक उजाला आता
मन की आँखों के आगे कुछ छन-छन के!
संकेत मिलेगा साफ राह चुनने का
लग जायेगा कुछ नया पृष्ठ-सा खुलने!
तुम पाओगी भरदिया चमन को गाकर
स्वर के प्रकाश से सहज किरण बुलबुल ने
लेकिन बुलबुल का यह कहना भी सुन लो–

पथ में गुलाब हैं, काँटे भी होंगे ही।
हर सौदा नहीं मुनाफे का होता है–
जीवन में जब-तब घाटे भी होंगे ही।
लेकिन घाटे से और मुनाफे से ही
तौला जाता अपना ईमान नहीं है!
जो घाटे और मुनाफे दोनों में ही–
अविचल हो बस सच्चा इन्सान वही है!
हो सकता है सब उलझन ऐसे सुलझे।
जीवन को लगे नया पथ होगा गढ़ना!
रास्ता बनेगा लेकिन यह निश्चत है,
तुम जरा गौर से मन की गीता पढ़ना!
गीता कहती है–वैसे कर्म करो तुम!
इच्छा मत करो मगर कुछ उसके फल हैं–
यह बड़ी बात है, वजनदार है, सच है!
मैं एक बात कह दूँ लेकिन कुछ हलकी,
–फल की इच्छा मत करो, मगर मत भूलो
पल भर भी ध्यान कार्य के निश्चित फल का!
यों वर्तमान की ही चिन्ता में केवल
मत ध्यान भुला दो आने वाले कल का!
फल के बारे में नहीं अगर सोंचेंगे–
बो जाएँगे हम बीज यहाँ पर विष के!
अपनी छोटी-सी नादानी के कारण
ले लेंगे प्राण न जाने हम किस-किस के!
पहले से ही अपने समाज के अन्दर
कितने जहरीले पौधे पनप रहे हैं?
दम घुटने-सा लगता है आज हवा में
कुछ खुली हवा में जीवन तड़प रहे है!
ये खड़ी रूढ़ियों की ऊँची दीवारें
जीवन देने वाली समीर को रोके!
उस पार कैदखाने के रह जाते हैं

अलमस्त हवा के ताजे-ताजे झोंके!
कुछ यत्न करो जिससे ऊँची दीवारें
बिखरें गिर कर मिल जायें मैदानों में!
फिर नई ज़िंदगी की फसलें लहरायें
मस्ती की हस्ती भर कर इन्सानों में!
तो, खुली हवा की खातिर हमको तुमको
होगा समाज की परंपरा से लड़ना!
बल जोड़ सकेंगे हम इतना निश्चित है
तुम जरा गौर से मन की गीता पढ़ना!

('सारथी', नागपुर, 11 मई, 1954)

आजकल बेकार हूँ मैं

आजकल बेकार हूँ मैं!

आदमी वैसे अजी मैं काम का हूँ,
जानते हैं लोग मुझको, किंतु केवल नाम का हूँ!
कम नहीं हूँ मैं किसी से इल्म में,
किसी दफ्तर में नहीं तो फिल्म में,
सेठजी की फर्म में, दूकान में,
खेत में, खलिहान में, मैदान में,
बैंक में, अख़बार में, स्कूल में,
बस्तियों में, या कहीं वीरान में
काम कर सकता कहाँ पर मैं नहीं!
काम पर पाता यहाँ पर मैं नहीं!
काम करना चाहता हूँ मैं, मगर
रास्ता आता नहीं कोई नज़र।
दफ्तरों से दफ्तरों भटका फिरा।
'जगह खाली नहीं है' की तख़्तियाँ
कर रही हैं हर जगह पर सख़्तियाँ!

सिफारिश की हर जगह बीमारियाँ
किसी मंत्री से न रिश्तेदारियाँ।
गवर्नर के किसी साले का भतीजा भी नहीं
इसलिए मुझ पर कभी कोई पसीजा भी नहीं।
इसलिए मैं आज तक बेकार हूँ।
हाय! अपने आप का ही भार हूँ।

और ऊपर से बड़ा परिवार है।
यह समुंदर है बड़ा, मँझधार है।
मुश्किलों से आ पड़ा है वास्ता,
पार पाने का न दिखता रास्ता।
याद हैं वे दिन मुझे कॉलेज के,
पिताजी जिस जगह मुझको भेज के,
सोचते थे यह कि कुछ पढ़कर कभी
डिग्रियों के ज़ोर से बढ़कर कभी,
एक दिन होकर बड़ा अफसर कहीं,
तरक्की की सीढ़ियाँ चढ़कर कभी,
कर सकूँगा मैं उजागर नाम कुछ।
बुढ़ापे में ही सही, आराम कुछ–
मिल सकेगा उन्हें मेरी वजह से।
और वे कॉलेज में किस तरह से
पढ़ाते थे, मुझे सब कुछ ज्ञात है।
हाय रे! बीते दिनों की बात है,
याद आई और जी दुखने लगा।
एक नश्तर जिगर में चुभने लगा।
दमे से बीमार हरदम खाँसते,
किंतु अपनी दवाई के वास्ते,
कभी कुछ भी हाय रे, खर्चा नहीं।
कभी अपने कष्ट की चर्चा नहीं।
उम्र जिनकी साठ से ऊपर हुई,
जी रहे हैं ज़िंदगी दूभर हुई।
काम करने की न ताकत देह में,
किंतु बैठें किस तरह वे गेह में!
धूप में, हा ठंड में, हा मेंह में,
भटकते हैं वे हमारे स्नेह में!
भूख का उनको हमारा ख्याल है,
हाय रे! कैसा कठिन यह काल है!

पिता मेरे देवता पुण्यात्मा,
कर रहे यों ज़िंदगी का ख़ात्मा।
चाहता है जी कि उनको रोक दूँ,
पकड़ लूँ उनके चरण औ' टोक दूँ!
किंतु मैं मजबूर हूँ, बेकार हूँ,
हाय अपने आप का ही भार हूँ।
समझते हैं दर्द को मेरे पिता,
जानते हैं यह कि है चिन्ता चिता।
इसलिए वे आँसुओं को रोक कर,
मुस्कराते हैं हमेशा शोक पर।

किन्तु मेरी माँ सजल है हर घड़ी,
गहन सागर से, हिमालय से बड़ी।
पार है कोई न जिसके प्यार का।
और ममता के सजल भंडार का।
ज़िंदगी में एक भी सुख का प्रहर,
ज़िंदगी में एक भी सुख की लहर,
कभी आई, यह नहीं अज्ञात है
आँसुओं की हर घड़ी बरसात है
हाय! जिसके लाल यों बेहाल हों,
हर तरह से पस्त हों, पामाल हों,
जवानी में भी न जो कुछ कर सकें
हा, ना पापी पेट भी जो भर सकें,
—माँ अगर रोये न तो वह क्या करे?
किस तरह से हाय, वह धीरज धरे!
वह कहीं पड़ जाए मेरे सामने,
अश्रु को पाएँ न पलकें थामने
पोंछ कर तब आँख के आँसू भरे,
—'हाय! मैं रोती कहाँ हूँ बावरे,
आँख में पानी बहुत है, मर गया

रोग है कोई कि जो यों झर गया
किंतु इसका कर न कोई ख्याल तू!
मुस्कुरा दे अब जरा-सा लाल तू।'
—हाय माँ! तू पी रही इतना गरल,
मुस्कुराना है न ऐसे में सरल।
क्या नहीं तूने किया मेरे लिए?
क्या हुआ लेकिन यहाँ मेरे किये?
शूल आँचल में छिपा तू फूल बिखराती रही,
आँसुओं को पी हमेशा लोरियाँ गाती रही।
समझ अपने कंठ की माला हमें,
दूध अपना पिलाकर पाला हमें।
दी धरोहर ज़िंदगी साँसें हमें।
जरा सा भी कुछ नहीं आँसें हमें
—हाय! इसकी तक तुझे चिंता रही,
हर मुसीबत हमारे खातिर सही,
पार है कोई न तेरे प्यार का,
और ममता के सजल भंडार का।
सह रही तू हर तरह की वेदना
अभावों में स्वयं की अवहेलना।
और मैं ऐसा अभागा हूँ अधम,
कुछ निभा पाया नहीं अपना धरम।

कुछ न कर पाया तुम्हारे वास्ते,
बंद हैं मेरे लिए सब रास्ते।
हाय, मैं कब तक करूँ कितना सहन!
फिकर है मुझको कि घर में है बहन,
है न नन्हीं बालिका ही आज जो,
सहज सरला सजल घर की लाज जो,
बहन वह मेरी कि पावन नर्मदा,
सदानीरा समय शीला सर्वदा:

जो उधम कल तक मचाती थी यहाँ,
ब्याह गुड़ियों के रचाती थी यहाँ
जो बनाती थी घरोंदे धूल के,
क्या हुआ उसको कि यह सब भूल के,
आज कुछ गंभीर, कुछ बदली हुई!
अटपटे मग पर कि जो सम्हली हुई,
कहाँ बचपन की कहानी खो गई?
लोग कहते हैं सयानी हो गई है।
हाय! कुछ दिन और यूँ ही भूल में,
हर्ज क्या था खेलती यदि धूल में,
और कुछ दिन बालिका रहती अभी,
कल मुदित थे देख कर जिसको सभी,
आज सबको फिकर है उसकी वजह,
करें उसके हाथ पीले किस तरह?
क्या कुँआरी ही बहन मर जाएगी,
माँ इसे कैसे सहन कर पाएगी?
लग गया है घुन पिता की नींद को,
आग माँ की आश को, उम्मीद को,
और मुझ पर निराशा का बोझ है,
हाय! मुझको नौकरी की खोज है!
खोज है बस काम की, यह काम है।
हर सुबह पर निराशा की शाम है।
हर सुहाने हृदय के अरमान पर,
कल्पना के हर नए निर्माण पर,
आदमी के धर्म पर, ईमान पर,
हाय! गीता, बाईबिल, कुरआन पर,
कन्हैया की बाँसुरी की तान पर,
राधिका के मान पर, मुस्कान पर,
गोपियों के रास पर, उल्लास पर,
ज़िंदगी के हास पर, विश्वास पर।

पुण्य पावन प्यार की हर प्यास पर,
सघन सावन के महीने पर, गगन मधुमास पर,
पंछियों के गीत पर, आकाश पर,
भूमि के हर फूल, पत्ती, घास पर,
हर कली के स्वप्न मन के मीत पर,
भाव भीने भँवर के हर गीत पर,
प्रीत पर, रस रीत पर आतंक है।
आज पंकज को निगलता पंक है।
है अभावों का सितम इनसान पर,
आदमी के धर्म पर ईमान पर,
हृदय से, दिल से बड़ा अब पेट है।
प्यार से ऊँचा हुआ अब रोटियों का रेट है।
रोटियों के वास्ते हा, नौकरी की खोज है,
प्यार के बदले हृदय पर अब फिकर का बोझ है।
प्यार की गलियाँ सुहानी थीं बहुत,
प्यार की गलियाँ अजानी थीं बहुत,
इसलिए जज्बात के उस दौर में,
भर गई जब गंध भीने बौर में,
कोकिला की तान की शहनाइयाँ,
सुन हुई मदमस्त जब अमराइयाँ,
गन्ध की पायल पवन के पाँव में ,
प्रणय का त्यौहार था जब गाँव में,
तब मुझे भेजा संदेशा प्यार ने,
दो लजीले दृगों के संसार ने;
चाँद को लाई रूपहरी चाँदनी!
चाँद से बढ़कर सलौनी चाँदनी!

हा, किसी का किंतु नन्हा दिल मसल,
सुहानी अरमान की हँसती फसल–
जलाकर मजबूर मैं यों हँस रहा,

हाय! कल तक ही मगर बेबस रहा,
तोड़कर अब निराशा की हथकड़ी,
हो गई है भावना फिर से खड़ी।
क्योंकि मुझको ज्ञात है यह बात भी,
मात ही होती न हरदम मात ही!
मैं अकेला ही न हूँ संसार में,
मैं अकेला ही न हूँ मँझधार में।

और भी मुझसे बहुत इन्सान हैं;
दर्द में डूबे कि जिनके प्राण हैं।
ज़िंदगी जिनकी भटकती नाव है,
ज़िंदगी जिनकी कसकता घाव है,
साँस में जिनकी छिपे तूफान हैं,
और भी मुझसे बहुत इन्सान हैं।
बाँह में जिनकी समुन्दर शक्ति का,
खोजती है बहाना अभिव्यक्ति का।
किंतु जो इस बात से अनजान हैं,
और भी मुझसे बहुत इन्सान हैं।
हाय! वे कब तक सहेंगे इस तरह?
जुल्म भी कब तक सहेंगे इस तरह?
बहुत दिन धीरज ना बाँधा जाएगा,
बहुत दिन संयम न साधा जाएगा।
मैं उतरकर खेत में खलिहान में,
मैं खड़ा होकर कि अब मैदान में,
बस्तियों में पस्तियों की मौज में,
शोषितों की, मुफलिसों की फौज में।
फूँक दूँगा जान मुर्दा कौम में,
लगा दूँगा आग धरती-व्योम में,
है क़सम मुझको अरे इंसान की,
है नहीं परवा मुझे भगवान की।

मैं उलट दूँगा तखत को, ताज को।
मैं बदल दूँगा पुराने राग को।
मैं अकेला ही न हूँ संसार में,
मैं अकेला ही न हूँ मँझधार में।
और भी मुझसे बहुत इंसान हैं।
साँस में जिनकी छिपे तूफान हैं,
मत कहो उनसे कि वे बेकार है।
आज मरने के लिए तैयार हैं।
दे रहा हूँ आज उनको काम मैं,
छेड़ता हूँ अब नया संग्राम मैं।
कमर कस कर आज मैं तैयार हूँ,
बागियों की फौज का सरदार हूँ,
बगावत के हाथ में तलवार हूँ,
मत समझना यह कि मैं बेकार हूँ!!।

श्रीकृष्ण अग्रवाल 'शैल'

श्रीकृष्ण अग्रवाल 'शैल' नागपुर के निवासी थे। मुक्तिबोध के नागपुर-प्रवास के दिनों में उनके संपर्क में थे। उनके बारे में अधिक जानकारी नहीं मिलती। वह लगभग भुला दिए गये कवि हैं। नागपुर में भी उन्हें जानने वाले अब नहीं हैं। उनकी कविताओं में अपने समकालीन जीवन को देखने-जानने की एक सजग दृष्टि है। उनकी यथार्थ-सजगता से प्रभावित होकर ही मुक्तिबोध ने 'नर्मदा की सुबह' के लिए उनकी कविताएँ आमंत्रित की होंगी।

मेरे गीत

एक दिन
यह आज का युग
सड़क पर भटके हुए से
मातृहीना दीन बालक-सा
अचानक
पास आकर थाम बैठा था
हमारे गीत का
मैला कुचैला जर्जरित दामन
और
मैंने शीश पर उसके
सहज सम्वेदना से, स्नेह से
निज हाथ फेरा था।

तब भी मुझे था होश
मैं यह जानता था
पेट में इस तिलमिलाती ज्वाल को
कुछ शान्त करने
आज युग को चाहिये
रोटी
किंतु शोषण के भयंकर बूट के नीचे
निपट असमर्थ
मेरा मध्यवर्गी कवि
कभी कुछ दे नहीं पाया

सिर्फ अपने हृदय की
मानव-सुलभ संवेदना को छोड़ कर!

किन्तु मैंने
आत्मा की
वेदना-सम्वेदनामय मर्मभेदी दृष्टि से
सब पा लिया था
विकल युग के मर्म का आयाम
कुछ-कुछ!
मुझको लगा था तब
कि जैसे
आज की सारी व्यवस्था
तेज कुंठा के भयंकर चीमटे से
पकड़ती हो
स्नेह से सींचे सुकोमल प्राण को
और वह
रह-रह कर सिहर कर ठहर जाता है!

तभी मैंने
ज़िंदगी के चिर सतत चेतन क्षणों में
विकल युग की
कौंचती अनुभूतियों को
दे दिया था रूप
मरघट के घिनौने कोयलों से
खींच कर विद्रूप-से कुछ चित्र
जग की भित्ति पर!
और
मेंरे गीत का हर एक अक्षर
युग का कर पकड़ कर
बढ़ गया था

स्वर्ग-सौधों में झनकती
स्वर्ण के पग-पायलों की झनक से अति दूर
जीवन के
निपट वैषम्य के बदबू-भरे
गहरे तिमिर में
प्रगति के संघर्ष में!
मैं जानता हूँ
विश्व बदलेगा किसी दिन
और उसके साथ ही
मिट जाएँगे ये गीत के अक्षर
कि जो अपने जगत का हाथ थामे
बढ़ रहे हैं
और मेरे गीत के ही साथ
मेरा यह क्षणिक अस्तित्व—
जिसमें गीत की आसक्ति से
व्यक्तित्व उभरा है
डूब जाएगा
अपारदर्शी विस्मरण की
उन अतल गहराइयों में
तेज बरसाती नदी की
वेगवंती धार में फेंके गए
पाषाण-सा!

पर न होगा सच,
मुझे एक क्षण-भर जरा भी गम
क्योंकि अपनी याद को शाश्वत बनाने
मैं न लिखता हूँ हृदय के गीत!
किंतु लिखता हूँ कि जिससे
विश्व का यह आज का
विकराल भीषण रूप बदले!

इसलिए ही
विश्व की उठती हुई तरुणाइयों के
जोश पर जगती हुई
नूतन प्रगति पर
हैं न्यौछावर गीत मेरे
हूँ न्यौछावर मैं स्वयं ही!

गगन से गिर रही है आग

शहर के शोर-गुल से दूर
नीम की छाया तले
मैं
थका-माँदा अकेला
आज बैठा हूँ।
गगन से गिर रही है आग
हिल रहे हैं
चिलचिलाती धूप में
ये नीम के पत्ते
बन रहे हैं कोढ़ के-से दाग
धरती पर!

× × ×

मेरे सामने
कुछ दूर पर है एक सूखा वृक्ष
जिसकी डालियाँ
चारों तरफ़ फैली हुई हैं।
छाल काली पड़ गई है।
गगन है पृष्ठ पर
बस इसलिए
यह दृश्य
ऐसा लग रहा है–

पड़ रही हो
नील नभ के वक्ष पर
ज्यों 'एक्स-रे'
दिख रही हों हड्डियाँ आकाश की।
दूर तक चारों तरफ़ है
घास का मैदान
जिस पर सरसराता जा रहा है
तेज गति से
द्रुत पवन का
चोट खा कर तिलमिलाया
साँप!

× × ×

धूल से रिसते हुये
प्रस्वेद में
घुल गये हैं
धूल के कण
किसकिसाता है बदन।
लोचनों की पलकियों को
छू गई हैं मिर्चियाँ
चुनमुनाते हैं नयन।
चुनमुनाते लोचनों से देखता हूँ
सामने से जा रही है
घास के मैदान का उर
चीरती-सी
एक मटमैली सड़क
मजबूत रस्सी-सी
कि सब देहात जिससे बँधे-जकड़े हैं।
शहर जब चाहता है

खींच लेता है उसी से
उन सभी की
ज़िंदगी
धन
प्राण
इज़्जत
एक झटके में!
उसी मटमैली सड़क पर
एक गाड़ी जा रही है
डोलती-हिलती-मचकती
चरमराती है!
भरे हैं धान के बोरे
सामने बैठा हुआ है
कृषक गाड़ीवान
मुड़-मुड़ कर जिन्हें है देखता जाता।
बैलों को कभी टिटकार देता है
मार देता है कभी हँकनी
कि जिससे बैल
रुक
टुक सहम जाते हैं
लगाते हैं जरा-सा ज़ोर
पर बढ़ती नहीं रफ्तार गाड़ी की!
और
मेरे सामने
तब एक नक्शा उभर आता है–
वैभव के करों
नीलाम पर चढ़ती हुई
विकल बेबस ज़िंदगी का
कि जिस पर लद गया
दैनिक अभावों की जलन का भार

कुंठित हो गई है
ज़िंदगी की गति!
बन गई है ज़िंदगी
निर्धन कृषक की
बैलगाड़ी-सी!

लगता है तभी
मुझको तमाचा-सा
हो गया है यह प्रभंजन
क्योंकि अब विक्षिप्त
उसका बढ़ गया है ज्वर
गगन से गिर रही है आग
हिल रहे हैं चिलचिलाती धूप में
ये नीम के पत्ते
बन रहे हैं
कोढ़ के-से दाग
धरती पर

× × ×

अभी भी
गाँव अपना दूर है!

प्रेम पत्र

आज तुम्हारा पत्र मिला है
तुम लिखती हो-
'भूल गये तुम बीती बातें
भूल गये मधुरीली रातें
भूल गये तुम
जब कि
पार्क की हरी-भरी लहलही दूब पर
हम-तुम दोनों बैठ
चाँद को साक्षी करके
एक-दूसरे के अधरों पर
प्यार भरे
रस-सने अधर
धर कह उठते थे-
हम जीवन भर याद रखेंगे।

आज तुम्हारा पत्र मिला है-
जो लिखती हो
सच लिखती हो।
किंतु कहूँ तो पागलपन था
कालेज की रंगीनी थी तब
कोट-पेन्ट-टाई से सज्जित
होकर
किसी पार्क में
या होटल में

उड़ते थे गुलछर्रे
मित्रों-मेहमानों से
चाय-पान-सिगरेट-'स्वीट' पर
पैसों की होली जलती थी।
मिल जाते थे
हर महिने
मनमाने रुपये
क्योंकि पिता जी भेज रहे थे
जिससे-तिससे
कर्ज माँग कर।

एक यही आशा थी उनको
पढ़-लिखकर मैं
कहीं बड़ा अफसर होऊँगा
किंतु उन्हें मालूम नहीं था
सेठ-मिनिस्टर-साहूकारों
के सुपुत्र ही
बुद्धिमान पैदा होते हैं
इसीलिये तो
वही बड़े अफसर बनते हैं
शेष सभी तो नालायक हैं
क्योंकि
इस समय
धन की ही तो सबल धुरी पर
सारी दुनिया घूम रही है!

हाँ, तो
तब कुछ नया समाँ था
नई ज़िंदगी
नई भावना
नया जोश था
तभी पार्क की

हरी-भरी लहलही दूब पर
हम-तुम दोनों बैठ
चाँद को साक्षी करके
एक-दूसरे के अधरों पर
प्यार-भरे रस-सने अधर
धर कर कहते थे-
'हम जीवन भर याद करेंगे!
और
'प्राण' 'प्रियतमे' 'मधुरिमे'
'प्रेयसि' 'रूपसि' आदि
अनेकों संबोधन तब
ढूँढ़-ढूँढ़ कर
पढ़ने-लिखने-कहने का आदी था।

किंतु आज
दिन भर पिसने पर
तीस दिनों के बाद
कुल अस्सी रुपये ही मिलते हैं
(शामिल जिनमें तीस रूपल्ली मँहगाई के)
आज कहाँ अवकाश मुझे है
प्रेम-पत्र लिखने-पढ़ने का।
फुरसत के पल में
अपने
इन इने-गिने रूपयों का मुझको
'बजट' बनाना ही भाता है
क्योंकि शीश पर छाया रहता
प्रति पल भय
इस दुर्गम गिरि-से
बड़े मास का
चावल-आटा-दाल-साग
नाई-धोबी-ग्वाले का
घर के मालिक का!

यह सच है
मैं भूल गया वे बीती बातें
भूल गया वे अधर
अधर के चुम्बन
चुम्बन-सी मधुरीली रातें!
भूल गया कवितायें लिखना
क्योंकि कला की परिभाषा ही
मेरे मन ने
आज बदल ली!
मैंने जाना इन थोड़े-से रुपयों में ही
महीने भर का खर्च चलाना
सचमुच सबसे बड़ी कला है!

तो यह सच है–
मैं भूल गया हूँ
क्योंकि पेट की ज्वाला में
जल गया प्रेम
मर गई भावना!
सत्य कहूँ तो
पैसे पाते
बँगले वाले
मोटर वाले
ही बस इश्क लड़ा सकते हैं।

अच्छा छोड़ो
कुशल-पत्र तुम देती रहना
लिखना–
वहाँ तुम्हारे बड़े नगर में
गेहूँ का क्या आज भाव है,
राशन में क्या-क्या मिलता है?

आज मैं हूँ बहुत ख़ुश

आज मैं हूँ बहुत खुश
आज मुझको मिल गई है
वह
कि जिसकी प्रतीक्षा में
हो रहे थे
दिन भयानक
रात भारी।
मिल गई है वह
कि जिसके बिना
मेरी ज़िंदगी में
छा रही थी
दहकते मरघट-सरीखी
शून्यता, भीषण निराशा-वेदना
और जिसको याद कर
मैं नींद में भी चौंक उठता था।
मिल गई है वह
कि अब जिसके सहारे
लग गई है
ज़िंदगी की नाव भी अपने किनारे।
छा रही है
खून के प्रति-बिंदु में
एक नव स्फूर्ति
मेरी ज़िंदगी का

हो रहा शृंगार नूतन।
आज सच में बहुत ख़ुश हूँ
मिल गई है
आज मुझ
बेजार को
बेकार को
अब क्लर्की की जगह

खेत की माटी : मेंड़ का पाषाण

एक दिन
तब खेत की सुकुमार माटी से
मेंड़ का पाषाण बोला–
"जेठ की इस तिलमिलाती धूप में
जब सृष्टि ज्वर से ग्रस्त रहती है
जब चतुर्दिक आग झरती है
ग्रीष्म से संत्रस्त
पंच-तत्त्व
आपस में
बिछुड़ने-टूटने लगते
तब न जाने
कौन से विश्वास का आधार लेकर तू
अविचलित ही रही आती।"

"उसके बाद
सावन में निपट घनघोर वर्षा की
कड़कती रात में
बिजली तड़पती
घन कड़कते
मेघ झरते–
तब भी अरी पगली धरा,
तू मेंड़ तक आकंठ डूबी
शांत रहती

और जाने कौन परदेशी पिया के
आगमन की आस के
उल्लास में
अनुराग में तू
डूबती-तिरती-उतरती।"

"जब शरद में
शीत के प्रारंभ में
खेत का पानी निकल कर
सूख जाता है
(एक मुश्किल दूर हो जाती)
किंतु धरती,
तब बखर की पाँस
तेरी देह को
झकझोर देती
रौंद देती है
और
हल लेकर कृषक
तभी तेरी आत्मा में
वेदना की काँच-किरचों से
अनेकों बीज बो जाता!
उसके बाद दिल को चीरते-से
बीज के अंकुर उभरते हैं
हे राम! कितनी पीर!
कितना कष्टमय जीवन!!
अरी धरती,
तू संकटों के कंटकों पर
पाँव धर कर भी
विहँसती है!
मेरे ज्ञान से

यह तुम्हारी आत्मा का
घोर विभ्रम है
निपट छल है
दुराशा है;
धरा, यह क्यों?"

धरा बोली–
"अरे पाषाण
अपने ज्ञान से
इस भावना को
यों न अनुमानो
अरे,
तुम बाँझ
मेरी इस सृजन की वेदना का
भेद क्या जानो!"

चाँद न देखा

तुम कहते हो–
बाहर नभ में चाँद खिला है,
यह रुपे की रात
और
ये सोने-चाँदी के चमकीले
तारे नभ में चमक रहे हैं
तुम कहते हो!

तुम कहते हो
आज इसी से
वर्षों के उपरान्त
मुझे मालूम हुआ है–
रोज रात को
चाँद उभरता
और
चमकते हैं ये झिलमिल
स्वर्ण सितारे!

मुझे याद है–
वर्षों पहिले
तुलसी के सम्मुख
नन्हा-सा दीप जलाकर
मुझे गोद में लेकर

नानी
दिखलाती थी नभ का चंदा
हल्का-हल्का-सा
और दूध में धुला हुआ-सा!
किन्तु गोद से
धरती पर पहला पग रखते
कुछ चाँदी के टुकड़ों पर
मैं
बेला की कच्ची कलियों पर
तुलनेवाले
अपने अल्हड़ जीवन का
नीलाम बोलकर
आज, यहाँ इस बड़े शहर में
कैद हो गया
और प्यार की
सुन्दरता की
सारी दुनिया दूर रह गई।
जब से अब तक
चाँद न देखा!

मैंने तो देखी है धरती!
धरती की छाती पर देखी
क्षय से पीड़ित मानवता की
हाँफ-हाँफ कर साँसें चलतीं
और युग-पुरुष
की शोषण-जर्जर छाती पर
धन की, धर्म और प्रभुता की
देखी मैंने आग बरसती!
सब कुछ देखा
किंतु न देखी है

सच मैंने
धरती के ऊपर रेशम की
झिलमिल हिलते धागों-सी
यह आसमान की श्यामल छाया
क्योंकि सदा ऊपर उठते ही
मेरी नज़रें बड़े-बड़े महलों की
ऊँची दीवारों से
टकराकर के झुक जाती हैं
फिर तो नभ का चाँद
धरा से बहुत दूर है
मैंने नभ का चाँद न देखा

कभी-कभी देखा है मैंने
कितने भूखे-प्यासे प्राणी
रोटी के धोखे में
नभ के गोल चाँद की ओर
अचानक हाथ उठाकर
रो उठते हैं
इसीलिए तो कभी-कभी
लगता है मुझको
यह आकाश नहीं है
कोई बनबिलाव है
जो भूखे हाथों से रोटी
छीन-झपटकर भाग गया है
चमक रही है वही
गगन में चाँद नहीं है
और उसे पाने को जैसे
धरती प्रतिपल घूम रही है!
मैंने नभ में
रोटी देखी
चाँद न देखा!

दैन्य ताप से तपे
भूख के प्रलयंकर ने
आज तीसरा नयन खोल कर
कामदेव को छार कर दिया
और
किसी रति ने
इस मरे काम को
जीवित कर देने का उससे
अब तक है वरदान न माँगा?
इसीलिये तो
आज न दिखती हैं
सच, मुझको
रजनी की गोरी लचकीली
पतली-पतली बाँहें
नभ को कसे हुये-सी!
मुझको तो लगना है
जैसे
फटे बादलों के आँचल में
जैसे-तैसे लाज छिपाये
यह दिगम्बरी

(इसके बाद की दो पंक्तियाँ काग़ज़ पर नमी पड़ने के कारण अस्पष्ट हैं।)

उसकी खुली देह पर
और वक्ष पर लोट-लोट कर
यह नन्हा-सा चाँद
अधमरा
भूखा-प्यासा सूखे स्तन खोज रहा है!
दुग्ध श्वेत दृढ प्रासादों की

छाया से भी दूर
फूस की छोटी जर्जर झोपड़ियों के
गहन तमस में
भूख-भूख की रटन-घुटन में
जो रो-रो दम तोड़ रहे हैं
धरती के उन कोटि-कोटि मासूम सुतों की
आकुल व्याकुल काया-सी
यह मैंने नभ में
धक-धक जलती छाया देखी
चाँद न देखा।

अनिल कुमार

अनिल कुमार अत्यंत प्रखर कवि थे। उनका जन्म 2 दिसंबर 1924 को भंडारा के समीप अड़ियाल गाँव में तथा निधन 13 दिसंबर 1976 को भोपाल में हुआ। मुक्तिबोध 1948 में जब नागपुर आये, उसके कुछ समय पहले से अनिल कुमार ऑल इंडिया रेडियो में काम कर रहे थे। वह मुक्तिबोध की तरह मूल रूप से मराठीभाषी थे। उनका पूरा नाम अनिल कुमार अड़ियालकर था। बचपन में उन्हें इसी नाम से जाना जाता था लेकिन वयस्क होने पर वह समाजवादियों के प्रभाव में आए और अपना कुलनाम उन्होंने त्याग दिया। मूलत: उनका परिवार भंडारा जिले के अड़ियाल गाँव से था। उन्होंने औपचारिक शिक्षा आठवीं तक ही पाई थी लेकिन अध्यवसाय से हिंदी, गुजराती और अंग्रेजी सीखी। तंत्रविद्या में अनिल कुमार की गहरी दिलचस्पी थी; और वह उसका विधिवत अभ्यास भी करते थे। मित्रों के बीच प्रसिद्ध था कि वह बाकायदा तांत्रिक थे। तंत्र उनके लिए मात्र बुद्धिचर्या का अंग नहीं था।

अनिल कुमार की कविताओं पर मुक्तिबोध के सम्पर्क के बाद प्रगतिवाद का प्रभाव पड़ा और उनकी कविताएँ आधुनिक संवेदनाओं से सम्पृक्त हुई। उनकी अभिरुचि कलाओं की ओर उन्मुख हुई, विशेषत: आधुनिक चित्रकला की ओर। मुक्तिबोध उनसे चित्रकला-सहित ललित कला से संबंधित विभिन्न विषयों की चर्चा किया करते थे। इन चर्चाओं के फलस्वरूप अनिल कुमार में पिकासो की कला को समझने का कुतूहल उत्पन्न हुआ। भाऊ समर्थ के निकट रहते हुए उन्होंने अपनी कला-संबंधी समझ का विकास किया। वह लोहिया के कला-विषयक विचारों से प्रभावित थे। नागपुर रेडियो में मुक्तिबोध के सहकर्मी रहे। बाद में राज्य-विभाजन के दौरान वह समाज-कल्याण विभाग की नौकरी में इंदौर चले गए, फिर वहाँ से भोपाल।

उन्होंने यायावर, अंगद जैन, अग्निमित्र, खबरदार, शहरयार आदि छद्मनामों से तल्ख टिप्पणियाँ लिखीं। नौकरी करते हुए अख़बार में राजनीतिक टिप्पणी लिखना बेहद जोखिम का काम था। मगर वह इससे बेपरवाह थे। अनिल

कुमार की कविताओं के संग्रह हैं, 'गारुड़ मंत्र' और 'स्वप्नप्रिया'। उन्होंने राजनीतिक टिप्पणियों के अलावा कलाओं पर केंद्रित लेख भी लिखे।

वक्तव्य

अपनी कविता के सम्बन्ध में कुछ कहूँ, इससे पहले आवश्यक है संक्षेप में अपने सम्बन्ध में कुछ कह दूँ। आज मेरे लिखने-बोलने, समझने और सोचने की भाषा (हिन्दी) मेरी मातृभाषा नहीं है। तब भी हिन्दी मुझे अपने में घेर अथवा लपेट चुकी है। इसमें किसी दुर्घटना का हाथ नहीं है। बहाव मिट्टी काटता है कगार रच कर उस पर अपनी गति की रगड़ छोड़ जाता है, वैसे ही हिन्दी मेरे मातृभाषा के संस्कार को काटकर अपने चिह्न छोड़ती गयी। मैं हल्बी और मराठी (जिन प्रारंभिक भाषाओं में मैंने कहना और बोलना सीखा) को पीछे छोड़ आया हूँ। पीछे इस अर्थ में छोड़ आया [कि उसमें साहित्य लिख कर अपने को व्यक्त] करने में असमर्थ हूँ।

छायावादी दुशाला ओढ़ कर मैंने इस काल की अधिकांश विविध गद्य-रूप गद्य-पद्य रचनाएँ लिखीं। वस्तु-तथ्य की दृष्टि से भले ही मैं आसमान में विचरता रहा होऊँ, तत्कालीन मेरी प्रणय एवं प्रकृति विषयक कविता में परायी अथवा काल्पनिक व्यंजना नहीं थी। फिर भी उस रंग में अथवा खुमार में पूरी तरह डूब चुका था कि जीवन और साहित्य का मेरे लिए वही सार्वकालिक सत्य था। और एक दिन वह ढेंढी फूटी जिसमें सुग्गा आस लगाए बैठा था–

"ढेंढी फूटी चटाक दे सुअना चला निरास"

आकाशवाणी नागपुर के सरकारी लेखक के रूप मैं जब कलम बेच चुका तो मेरे इर्द-गिर्द एक घेरा बन गया, क्या बोलना चाहिए, क्या लिखना चाहिए, इसकी हिदायतों का। दुनियादार मैं कभी नहीं रहा अतः बार-बार ठोकरें लगीं। मुँह के बल, घुटनों के बल, कई बार दाँत भी टूटे। दर्द लेकर कहाँ जाता?

सन 55 में कलातीर्थों की यात्रा में कुछ नए विषय मिले। कोणार्क विषयक दोनों रचनाएँ इसी यात्रा-काल की हैं।

वादों के घेरे में मेरी आस्था नहीं। वह है भी तो वहाँ जहाँ नया स्वर पुराने से हर प्रकार भिन्न एवं अगला कदम होता है। जीवन का कड़वा-मीठा रस जो हमें पीना पड़ता है, उसका स्वाद हम व्यक्तिरूप ही न चखें। जरूरी है कि हमारी लेखनी भी उस रस में डूब कर लिखे। यही मैं अपने लिए कवि का धर्म मानता हूँ।

('नर्मदा की सुबह' की फाइल में अनिल कुमार की कविताओं के साथ दो पृष्ठों में उनका टंकित वक्तव्य खंडित रूप में मिला। दोनों पृष्ठों का आधे से अधिक हिस्सा दीमकों ने नष्ट कर डाला था। बचे हुए हिस्सों का आपसी तारतम्य जोड़ना कठिन था, फिर भी उसे यहाँ दिया जा रहा है। सम्भव है, उनकी कविताओं को पाठक इस खंडित वक्तव्य से जोड़ कर पढ़ने की युक्ति ढूँढ़ सकें।)

हम न विधाता की गलती हैं

हम न विधाता की गलती हैं
भूलें हैं हम संविधान की,
अथवा हैं प्रत्येक व्यवस्था की चक्की में
पिसते-पिसते बज उठने वाले
कंकर हम।
शोषण की आँखों में हम
किरकिरी बनेंगे
यही हमारा जायज हक है।

हम न आज औसत दर्जे की
भेड़-बकरियों के गिरोह में
चर पाते हैं,
हम समाज की चौपड़ के
हर चौराहे पर पिट जाते हैं
सभी तरह से रक्षित अपने
अधिकारों के निजी गेह में
बने, झरोखे से घुस आते
किसी दस्यु द्वारा लुट जाते
यही हमारे लिये सहज है
क्योंकि बंधुओ,
हम न विधाता की गलती हैं
भूलें हैं हम संविधान की!

हम पटरी पर बैठे-बैठे
परंपरा की उभरी दुहरी
लौह लीक को
मौन भाव से
अपनी गर्दन नहीं सौंपते,
हम न स्वार्थ के चौरस घेरे में बैठी
हर किसी गोट-से-गोट मिलाते,
हमने किसी अनुचित दुर्मद के
सम्मुख जा खीसें निपोरते
बगल झाँकते,
हमने किसी भी आसन-लोभी
राजनीति की 'हाँ' में अपनी 'हाँ' भर कर
डुगडुगी पीटते,
हम न सत्य के गले
अँगूठा रखे खड़े हैं
ताकि प्रतिष्ठा सदा उतारा करे आरती;
हमने की है भूल जरा-सी
दिए शब्द प्रत्येक चुभन को
वाणी दी है उत्पीड़न को।
बंधु,
सचाई के अभिनेता की जमात में
खैर कहाँ है मुक्त प्राण की
इसीलिए तो
भूलें हैं हम संविधान की!

खादी की पैनी कटार से
शुद्ध अहिंसक हत्या के संगीन जुर्म में
हम न कभी संसद के कैदी बने
आज तक।
सरकारों के साथ स्वयं की टोपी का भी
रंग बदलकर

सदा तिरंगी मुस्कानों में
सब अपनी करतूत लपेटो!
आश्रमवासी बकरी के निर्दोष दूध पर
भाषण दे कर
द्राक्षासव के परमिट बाँटो!
हाथ-कता धागा पहना कर गर्दन काटो,
और जहाँ तक बने अकेले ही चुपचाप मलीदा चाटो।
इसी तरह के सपनों में
जीने की खातिर
"दु:शासन के हाथ करो, मजबूत अधिक"
का नारा रोज गूंजाया करते,
उनके अपने धर्म ग्रंथ के
हैं सच्चे अपवाद खड़े हम
सीने पर संगीत अड़े हम
चिंता है कब हमें प्राण की?
भूले हैं हम संविधान की!!

दिल निकाल कर रखा जेब में
सीने में सिक्का जड़ बैठे
सिक्का चाहे जहाँ भुना लो
दिल को कहाँ-कहाँ बदलोगे?
इसीलिए ऐ सिक्केवालो!
हमें मिटा देने से ज़्यादा हमें बदल देना मुश्किल है,
क्योंकि हमारे सीने में तो जड़ा हुआ छोटा-सा दिल है
बदल सको तो सिक्के बदलो
तुम अपना यह विधान बदलो।
अगर विधाता को बदलोगे
तब फिर तुम्हें बदलना होगा
क्योंकि हमारे नकली भाई!
हम न विधाता की गलती हैं
भूले हैं हम संविधान की!!

राहु विजय

मँडराये हैं,
हम दोनों के
प्रिय पुनीततम संबंधों पर
काले-काले
फन साँपों के।

"दारुण पीड़न!"
शब्द बहुत ही ओछे लगते
हम जो कुछ भी
सहते हैं इस समय साँस गिन;
हाय सुई के अग्रभाग से
शब्द रात-दिन
कानों से घुस
नरम कलेजे के गुलाब पर
उतर रहे हैं
काँटों की बौछार
चुभन की झड़ी बन गयीं,
कुछ सामाजिक पाप ग्रहों की
दृष्टि तिमिर-सी
गिरी हमीं पर
संबंधों की सुखद पूर्णिमा
बनी अमावस।
चंद्र ग्रहण है,
राहु विजय का केतु उड़ाता।

दीवारों का सत्य

दीवारें सुनती हैं
दीवारें बकती हैं
इसलिए नहीं तुम मन की बात अधर से दोहराओ!
जो भी कुछ आशय है मन के पंकज में भरा हुआ
वह तो इस मन का मधुप सहज ही पी लेगा
कमरे के चौरस घेरे में
जो बात सहम कर उठती है
वह कब पूरी हो पाती है?
आतंक अँगूठा गढ़ा हुआ
हर मिनट गले पर रखता है।
फिर भी जो अटपट शब्दों में
विद्रोही बनकर बढ़ आता
जब जीभ-नोंक पर चढ़ जाता
वह स्वाद ललचते हैं हम लेने को,
तब तक दीवारें अनगिन कान उगा जातीं।
जाने कितने काले आशय गढ़-गढ़ कर
इन कानों में भर देने को
वे चुगलखोर जीभें
कानों तक बढ़ आतीं
अपने मन का काजल उँड़ेल कर रखती हैं।
दीवारें सुनती हैं!
दीवारें बकती हैं!!

घृणा*

मेरी मिहनत की रोटी पर
आज तुम्हारे घृणित स्वार्थ की इल्ली
रेंग रही है।
बोटी या चर्बी का लौंदा
समझ जिसे तुम घूर रहे हो
निपटा घृणा की चील सरीखे;
वह तो केवल दूध सतह पर तैर रहा नवनीत
नेह का।
मिहनत की रोटी पर फैले
मक्खन तक में तुमने थूका।
बूचड़खाने के नभ में
तुम तैर रहे हो
तुम्हें छीछड़ा ही तो दीखा।
वर्ग तुम्हारा सदा दूध में,
मदिरा की दुर्गंध सूँघता
अगर तुम्हारा बस चल जाए
तो अगली पीढ़ी को सचमुच
बोतल स्तन का मद्य पिलाओ!
आज दूध के दाँत टूटकर
ऊगा करते हैं अनाज के......
अगर तुम्हारा बस चल जाए

---

* यह शीर्षक मुक्तिबोध जी द्वारा दिया गया है

तो अगली पीढ़ी में सचमुच
दाँत दूध के नहीं उगेंगे......
बचपन में जो दाँत जमेंगे
वे शराब के कहलाएँगे
शायद उसके बाद किसी दिन
खूनी दाँतों का क्रम होगा।

ओ नाली के सड़े कीच में
पलने वालो!
वहीं जहाँ हो
तुम अपनी दुर्गंध उगाओ
तुम अपने मैले विचार की
फुलवारी सींचो, महाकाओ!
मरने वाले संस्कारों के
जंतु यहाँ पर मत बिखराओ!
तुम अपने घेरे की
ऊँची-से-ऊँची दीवार उठाओ,
क्योंकि तुम्हारे घृणा स्वार्थ की
इल्ली बाहर रेंग न पाये।

कोरस

नील कमल! हम नीलकमल!
नील कमल कुहरे के!

मिट्टी की मेंड़ों में बैठी
हरी-हरी झीलें
बन-ठन कर मुस्काती तिलहन
फूलों में नीले

ओस हमारा बल
नील कमल! हम नील कमल!
नील कमल कुहरे के!

फलियों की थैली में सुंदर
बीजों की नगरी
भर देंगे हम दूध समुन्दर
ओस-भरी गगरी

सुंदर होगा कल
नील कमल! हम नील कमल!
नील कमल कुहरे के!

नीलम की पंखुरियों में हम
चंद्र किरण भरते

हरियाली पर रास रचा हम
नृत्य मधुर करते

धरती के बादल!
नील कमल! हम नील कमल!
नील कमल कुहरे के!

हम ठिठुरन की चादर ओढ़े
दल-के-दल खिलते
हम समीर के रथ में बैठे
लहर-लहर हिलते

लास-भरे चंचल!
नील कमल! हम नील कमल!
नील कमल कुहरे के!

खेत हमारी मदिरा पीकर
झूमा करते हैं
बीज कोष भंडार हमारे
कारण भरते हैं

धुँधले हिम शीतल
नील कमल! हम नील कमल!
नील कमल कुहरे के!

रथमन्दिर कोणार्क

खड़ा पूर्वमुख
सागर सम्मुख
रथमन्दिर कोणार्क का–
जैसे कोई युवा तपस्वी,
कालांतर में भ्रष्ट हो गया;
वैसे ही यह उदित सूर्य का
विभव यान उध्वस्त हो गया।
घोड़े थक कर चूर हो गये
टूट गयी हिम्मत उनकी भी,
सातों के सातों वे
दुर्मद-पवन-प्रवेगी बैठ गये हैं।
टूट गयी है बागडोर तक
उठ कर वे फिर कभी चलेंगे,
ऐसी आशा गलत, निरर्थक!
रथ है केवल खड़ा
न जिसके श्याम-शिखर पर
चुम्बक शोभित
सदियों तक जो रहा विवेचित।
उलटा प्रस्तर पंकज सिर पर
धारण कर वह खड़ा पराजित;
किन्तु विश्वजित् अब भी
उसका अजब शिल्प है!
पक कर फटे अनारों-जैसी

कई दरारों वाले पहिये–
उत्सुक अब भी खिंच जाने को
सब के सब चौबीसों भाई,
कंधों पर परिवार कला का
ढो जाने को।

ऋतु प्रहार फैलता अभी तक
इसी दुराशा में वह उन्मुख!
हहर-हहर ललकार रहा है
सागर सम्मुख!
लेकिन उसके कायर बेटे बैठ गये हैं
जी हाँ, रथ के सातों घोड़े
नहीं चल रहा आज एक भी।

लगता है, हिमवान कला का
जूझ रहा है आज अकेला
डिगा न दें विपरीत आँधियाँ
काल-समर में कभी कदाचित;
मरु के सूखे पीत पंक में
लगता खिलते कृष्ण कमल-सा
कलागंध झलता दिगंत में!

छिली हुई दीवारें लगतीं
किसलय कोमल नरम पीठ-सी
सजी हुई कंचुकी-बंध से,
कहीं-कहीं उँगलियाँ गड़ी हैं
कहीं समय की चोट पड़ी है
आज उसाँसों-भरी देखतीं
दुहराती इतिहास पुराना।

गंगसिंह नरसिंह देव की
विजय-श्री ने जिसे ओढ़ कर
घूँघट काढ़ा
उस छविशाली उत्तरीय-सा;
जो सांघातिक काल-पवन के
सहा थपेड़े और फट गया;
फूल रहा सुनहला चीथड़ा
अब तक जैसे!
अथवा अन्तिम तीर्थंकर ज्यों
ध्यान मग्न है पलथी मारे
प्राण जम गये त्रिपुर-शिखर में
जड़ है लेकिन तरल चेतना
जैसे अब-तब बोल रही है।
यहाँ भोग में नहीं वासना,
शिल्पित है पुरुषार्थ हमारा।

कुछ बिखरे हैं
अवयव इस मांसल पत्थर के,
अभी तलक कुछ घाव हरे हैं,
कहीं-कहीं गहरी खरोंच हैं
जिनमें छप 'काला पहाड़' की
बर्बरता बदनाम हुई है।

पत्थर का मार्तण्य ले गया;
लेकिन यह जो चंड दिवाकर
प्रखर ग्रीष्म का,
यवन-दस्यु की कथा सुनाता;
उसके मुख पर हाथ धरो
तब देखें हिम्मत!!
इतिहासों के

कुछ उजले पन्नों में यह
काली करतूत लिखी है
देखो नाम जहाँ 'काला पहाड़' है
काम कहाँ तक उजला होगा?

शिल्पकला निस्सीम हो गयी
खिला विमल प्रतिभा का शतदल
तभी विश्व की
स्वर्ण-अँगूठी में जगमग हीरे के नग-सा
रथ मन्दिर कोणार्क जड़ा है।

पुरी से कोणार्क : बस यात्रा

कुहरे में भटकती छायामूर्त्ति-सी
बर्फीली पगडंडी से बार-बार फिसलती
हमारी चेतना,
रात के निस्वन तीसरे पहर में,
पुरी से कोणार्क को जोड़ने वाले
ऊबड़-खाबड़ पथ में,
ऊब और थकन के बीच–
प्रेमी शिल्पी का प्रस्तर-स्वप्न
देख रही थी।

हम
कई तरह के स्वप्न, जिज्ञासा
और महज से त्रिकोण में बंदी
कुछ लोग--
स्त्री-पुरुष, युवक और युवतियाँ,
असबाब की संज्ञा से
लारी में ठसाठस एक साथ
भरे हुए, लदे हुए कुछ लोग
हम,
उतार चढ़ाव के बंदी पहिये :
सनातन परम्परा से बँधे
धर्म के ठेकेदार से नेत्रहीन
जीवन की क्रियाशील धुरी से
जड़े हुए

चारों पहिये : प्रमुख दिशाओं के प्रतिनिधि
कभी नींद के गहन समुद्र में
चेतना को बहने देते,
कभी धक्का देकर तट पर फेंक देते।
उकताहट यहाँ से वहाँ तक
चेहरे पर फैल गयी,
ऊब, घिस सिमट कर सभी की आँखों में
छप गयी।
काव्य की उँगलियाँ पकड़ कर
कैसे चलूँ?
मेरे पसीने से लथपथ हाथों से
वे स्निग्ध फिसल जाती हैं।
छंद की पतली कमर में पड़ी
बाँह को झटका देकर,
कोई सामाजिक प्राणि बनने पर
तुल गया है।

फिर भी गीत फूट रहे हैं–
ऊषा-पीलक की चोंच-से खुल रहे हैं
कसाव को तोड़ कर,
उनींदी उबास के बीच भी
युवतियों के कण्ठों से, बारी-बारी से
उभरता है–
गुजराती गरबा या कोई आधुनिक
बंग गान, रवीन्द्र संगीत,
एकाध फिल्मी धुन पक्की या कोई भी;
गान कंठ हाथ बाँध कर नीरव पृष्ठभूमि में फैल रहे हैं
कैन्वास से तन गये हैं,

नींद-विजनवती अपना ब्रश लिये बैठी है,
पहाड़ी पगडंडी की आड़ी-तिरछी

रेखाओं में सपनों को आकार देती है–
आधुनिक चित्रकला जैसे रहस्यमय
सूझ के बिन्दु से कतिपय।
नारी–कण्ठों से जागरण गीत की कड़ी
और क्षितिज के अंडे से
किरण की पीली चोंच एक साथ ही
आकाश के नीले घड़े पर बजने लगी,
रंगाकृतियों का ताना–बाना बुनने लगी।
यों हम यंत्र के पंखों पर
बैठे हुए कलायात्री
कोणार्क पहुँचे खंडित, शिल्पित
प्रस्तर–रथ के निकट।
गंगवंशी प्रथम नरसिंह देव के
यवन–विक्रम का विजय–स्मारक
रथ मन्दिर देखने।

यौवन की उमङ्गों का समस्त विस्तार
तनिक सी गोलाइयों में सिमट गया है।
कला एक साथ वासना के राजपंथ
पर घूमी और भक्ति के आकाश में
उड़ी है।
धर्मकाममय कला :
अर्थ पीछे–पीछे चला है
और मोक्ष
आगे–आगे!
परिश्रम साथ है।
पसीने से खंडों को जोड़ गया
सदियों के व्यवधान को लाँघनेवाली
मजबूती से।
वही तो गारा और चूना है

पसीना शिल्पियों का; जिसमें भींग कर
पत्थर मोम बने
ढले और जुड़ गये,
गढ़ गये बहुस्याम होकर भी
एकोऽहं में।
वरना भूगोल की आँख देखती है
सदियों बाद चट्टानें
टूटी हुई, खंड-खंड।

स्वेद ही ताप सह सकता है
सदियाँ ढो सकता है पीठ पर,
चौंधिया देता है आँखों को
आने वाली पीढ़ियों की।
कोणार्क के शिल्प में यही ध्वनि है
एक चुनौती है कोर कोर में–
'लो मुझे तोड़ो!
कुचलो अपने उग्र आतंकित
पदाघात से
लेकिन ओ जुल्मी श्काला पहाड़
जरा संभल के।
मैं बहुत ज्यादा सख़्त हूँ
कहीं तुम्हारे तलुवे में
मेरी छाप न उभर आये।'

कोणार्क में सूर्य नहीं,
बदली ही बदली है, अब तब बरसने को
उत्सुक,
मन्दिर में मूर्त्ति नहीं–सूर्य नहीं रथ में,
उसे तो हम लाये हैं
मन में अपने,

प्रकाश और गति रूप!
पुंज-सा घर में
चाहे तो ले चलें
जन-जन में फेंक दें
किरणों का-सा फैला दें!!
रास्ता न पगडंडी,
राज-पंथ है नहीं जिस पर हम चल रहे,
एक मँझोला-सा ऊबड़-खाबड़
कुछ है,
वैसे ही यह भी गीत और गद्य के बीच
भाषा का पथ है,
दोनों को बाँधता......
कोणार्क और पुरी के बीच फैले
रास्ते सा!!!

चलन*

चलन से जरा मैं अलग लिख रहा हूँ,
इसी से नहीं भीड़ में दिख रहा हूँ।
समय के थपेड़े सहे जा रहा हूँ
तभी तो जुड़ा डाल से गा रहा हूँ
लहर के सहारे बहे जो हवा की,
अजी चुक गए हैं कभी के, न बाकी।
सहारे-सहारे चले आ रहे हैं,
फकत तालियों पर जिए जा रहे हैं।

कि जैसे उड़ी जा रही टूट पट्टी
किसी रोज पावे हवा की दुलत्ती।
सहो कुछ, पचाओ, तनिक आजमाओ,
भुनाओ, अगर तुम कभी कुछ कमाओ।
हजम हो सके तो कहूँ बात भद्दी,
चलन के लिए दोस्त बेचो न रद्दी।

---

* सॉनेट

कार्ड*

कार्ड आया है कहीं से तीन पैसे का :
फँस गया हूँ हर तरफ़ से दालरोटी में
एक भी दमड़ी नहीं बचती चुनौटी में
किस तरह दो जून निभती और कैसे क्या?
भूल पाया हूँ नहीं अपने इरादों को,
ज़िंदगी से और दिल से पेट भारी है
इसलिये हमने उमर चुपचाप हारी है
कह रहा यह कौन सपने धूल में फेंको।

यह नहीं पटती कभी जो पेट की खाई
जो नहीं बुझती जनम-भर भूख की ज्वाला
जल गई दिल में उबल अरमान की हाला
याद है लेकिन अभी तक जा क़सम खाई
हम नहीं है एक-दो लाखों-करोड़ों हैं
मुट्ठियाँ अपनी कड़ी इस्पात की दो हैं।

---

* सॉनेट

रामकृष्ण श्रीवास्तव

रामकृष्ण श्रीवास्तव मूलतः जबलपुर निवासी थे। नागपुर में मुक्तिबोध मंडल के प्रमुख सदस्य। रॉबर्ट्सन कॉलेज, जबलपुर से 1948 में उन्होंने विज्ञान स्नातक की उपाधि ली। प्रारम्भ में पत्रकारिता की। 'नवभारत', नागपुर में उपसंपादक रहे। 1953 में नागपुर विश्वविद्यालय से हिंदी में एम.ए. किया। बाद में राधाबाई कला महाविद्यालय, अकोला में हिंदी के अध्यापक हुए। मित्रों के बीच रामा के नाम से जाने गये। श्रीकांत वर्मा के साथ उन्होंने 'नई दिशा' का संपादन किया। कविता संग्रह 'चट्टान की आँखें' प्रकाशित हुआ। 29 सितम्बर, 1967 को उनका असामयिक निधन हुआ।

तट, छोड़ो बाँह

तट, छोड़ो बाँह
मुझे अभी बहने दो।
युग-सत्यों की सहस्र जिह्वाओं-सी
लपलप करती
धाराओं में धँसने दो
लहरों के नागपाश कसने दो... डसने दो–
उफनाती भूखी ज्वालाओं का जहर
अमृत मन्थन की विषकन्या-सी लहर
मुझे पीने दो!
मोड़ लिया मुँह मैंने, एक भी लहर को–
यह मत कहने दो।

शोषित मरुभूमि पर
उमड़ते सैलाबों के पाँवों में
जंजीरों-सी जकड़ी
जहरीली लपटों की जड़ों को,
रेतीले टीलों से उठे हुए
आँखों में धूल झोंकने वाले
पाषाणी पीपल के तनों को,
मिथ्या गतिरोधों के तने हुए फनों को
कुचलने दो;
धाराओं की दिशा बदलने दो।
घन की चोटों जैसे गरजते थपेड़ों को

खुली हुई छाती पर सहने दो।
पीठ दिखा दी मैंने, एक भी थपेड़े को...
यह मत कहने दो!

*   *   *

लपटों में जलकर
यह मन कंचन होने दो
धाराओं में गल कर
तन चंदन होने दो।
जन-समुद्र के अथाह चरणों तक पहुँच कर
समर्पिता आत्मा को रज कण-सा रहने दो।
सिंधु का अतुल्य भर डगमग जब
तब तटस्थ आँचल में
शीश छुपाया मैंने, एक भी तरल क्षण को-
यह मत कहने दो।

आँसू की मूर्त्ति

सोने की प्याली में मोती की तरह चंद दाने
आँसू हैं, हम कैसे मानें?

*   *   *

विरहाकुल स्वप्न-दृष्टि की सीमा जहाँ खत्म होती है
वहाँ से शुरू होने वाली
सन्नाटे की सर्पीली गलियों में
धुएँ और सीलन से भरी हुई
अँधेरी गुफा-जैसी कोठरी
कोने में भूख से बिलख सोए अभी-अभी अर्धनग्न बच्चे
सिरहाने शीश झुका गुमसुम-सी बैठी है
आँसू की मूर्त्ति एक
माँ है वह।
उसके जर्जर आँचल पर टप-टप टपक रहे
आँखों से टूट-टूट अंगारे
आँसू कुछ ऐसे ही होते हैं
देख-देख पत्थर भी रोते हैं
सोने की प्याली में मोती की तरह चंद दाने
आँसू हैं हम कैसे मानें?

ज्ञान-गान

यह रूखा-सूखा ज्ञान भूख का मारा है,
इसलिए देश की आँखों में अंधियारा है!

कच्चा काग़ज़, फीकी स्याही, धुंधले अक्षर;
दम तोड़ न दे यह क़लम काँपती है थर-थर;
कुल जोड़ ज़िंदगी भर का नौ दो ग्यारा है!
इसलिए देश की आँखों में अँधियारा है!

काग़ज़ी ज्ञान के मन्दिर का यह शिलान्यास,
धरती भरती है लम्बी-गहरी-गर्म साँस;
है नींव नदारद, गायब चूना-गारा है!
इसलिए देश की आँखों में अँधियारा है!

धुलते जाते अज्ञान-अमावस के धब्बे,
तारे भी डूब चुके हैं सौ में से नब्बे ;
पश्चिम को फिर से पूरब ने ललकारा है!
इसलिए देश की आँखों में उजियारा है!

टूटते घेरे

जिस जगह घेरा नहीं है,
देख लो जाकर वहाँ पर ज़िंदगी का एक भी डेरा नहीं है।
एक घेरे से निकल कर दूसरे में
दूसरे से तीसरे में फाँदने को हम सभी मजबूर हैं,
कल जहाँ थे हम
जरा देखो वहाँ से आज कितनी दूर हैं!
घेर कर आकाश को खुद घिर गई है दृष्टि अपने आप में,
बाँध कर सीमा सृजन-विध्वंस की
खुद बँध गई है सृष्टि अपने आप में!
खूब लम्बा, खूब चौड़ा, खूब गहरा सिन्धु
जैसे कैद है अपनी लहर में,
डालकर देखो निगाहों में निगाहें
कैद हैं हम सब स्वयं अपनी नज़र में!
हम सभी हैं कैद खुद अपने बनाये हुए कारागार में,
हम स्वयं को चुन रहे हैं ईंट-गारे और चूने की तरह
आदर्श की दीवार में!

हम सत्य और यथार्थ हैं,
किन्तु हमसे झूठ कहने के लिए खुद झूठ ही मुँह खोलता है,
पूछने वाला नहीं है किन्तु वह तो बोलता है।
बोलने दो झूठ को, वह कैद है अपनी सफेदी में!!

अगर आदर्श की दीवार पर अपनी सफेदी से लिखा है झूठ ने
"हम विषैले हैं और सिर से पैर तक निस्सार फैले हैं

बहुत मैले-कुचौले हैं"
पढ़ेगा जो उसे मालूम है लेखक स्वयं है कैद अपने अक्षरों में!
झूठ को भी मुक्ति का उन्माद है।
शायद उसे मालूम है वह कैद है अपनी सफेदी में।
सत्य में अभिसन्धियाँ हैं, फूट है;
और इन अभिसन्धियों की जड़ों में बैठा हुआ है जो
आगे बस ज़रा कुछ और आगे
'राह कहते हैं बढ़ो' हम बढ़ रहे हैं,
मुक्ति के मैदान में हम युद्ध के नित नये घेरे गढ़ रहे हैं।
कभी लगता है कि
आपस में उलझकर आदमी के हाथ दोनों लड़ रहे हैं!
लड़ रहे हैं हम सभी दिन-रात अपने आप से,
लड़ रहे हैं जैसे कि बेटे बाप से!
हम सभी हैं पिता-माता सत्य और यथार्थ
फिर अपनी नई पीढ़ी, नई सन्तान बनकर जी उठे हैं,
सत्य के आगे हमेशा झूठ के झण्डे झुके हैं!
बढ़ो आगे,
सामने वह एक घेरा अश्रु से तर।
और आगे, दूसरा घेरा कि जैसे आग का घर!!
बस जरा कुछ और आगे,
तीसरा घेरा कि जैसे छन्द, मुखरित मुक्ति का स्वर!!!

('प्रवाह' अप्रैल-मई, 1953 के अंक में प्रकाशित)

श्रद्धा की सूली पर चढ़ा रहा

संध्या का सूनापन
बोझिल मन, शिथिल चरण–
जनपथ पर धूलिकणों का क्रन्दन,
ऐसे में जनरव के मन्दिर में घंटे की घनन् घनन...
लोहे के टुकड़े को चुम्बक का आमंत्रण!
द्वार खुले, नयन मुँदे
अश्रुधार झर-झर-झर...
अहंकार के छिद्रों से छलनी अभ्यन्तर,
अपनी ही मटमैली छाया के सन्मुख तब
(अपने ही चरणों में!)
'श्रद्धा से नहीं हाय आत्मग्लानि लज्जा से'–
शीश तो झुकाया पर टेक नहीं पाया मैं,
टेका ही नहीं गया!

अर्ध रात्रि, सन्नाटा–
किरनमयी दृष्टि एक अन्तर में पैठ गई,
दीपशिखा तले उठी
अँधकार की आँधी बैठ गई,
अहंकार की जड़ता अकुलाई ऐंठ गई!
जनपथ का श्रम हरने–
क्षण भर चिन्तन करने–
अनुभव की उर्वरता
अंतर के खँडहर में हरी दूब-सी फैली,

(पास नहीं मेरे कोई गठरी या थैली!)
अन्तर के खंडहर को घेरे यह
सपनों की सरिता है,
या टूटी रक्ताभ रेखा है–
रक्ताभ सपनों के दलदल में सत्य कमल
अपलक-दृग-अंगुलि से छूने को
दृष्टि छटपटाई पर देख नहीं पाया मैं,
देखा ही नहीं गया!

प्रातः का कोलाहल,
जनरव के मंदिर में
सौरभ के स्वर गुनगुन करते हैं,
जन-जन के मुरझाये मुखड़ों से
स्वेद बिन्दु झरते हैं!
भँवरे कानाफूसी करते हैं
'गधे फूल चरते हैं!!'
हँसी फूटकर क्यों रो पड़ती है–
काँटे अब नहीं, कली गड़ती है!
फूलों को गधा चरे!!
(जनरव के मन्दिर में हरे राम हरे हरे!)
कौन किसे रोके या मना करे?
इसी सोच में डूबा
जनरव के मन्दिर में
खंडित प्रतिमा-जैसा मृतप्राय–
चुपचाप खड़ा रहा।
श्रद्धा की सूली पर चढ़ा रहा!
आँख बन्द किये रहा–
हाथों में लिए रहा–
मुरझाया हुआ फूल फेंक नहीं पाया मैं,
फेंका ही नहीं गया!

जनरव के मन्दिर में पत्थर पर फूल
फेंक नहीं पाया मैं,
फेंका ही नहीं गया!
जनरव के मंदिर में
पत्थर पर फूल नहीं,
फूलों पर पत्थर है–

घृणा और श्रद्धा में इतना ही अन्तर है!
श्रद्धा का शीश नहीं, श्रद्धा के चरण नहीं,
अभय नहीं, शरण नहीं!!
घृणा भर गई है खण्डित श्रद्धा के जी में
मैं श्रद्धा का चारण–
श्रद्धा के ही कारण–
श्रद्धा के गीतों में समाधिस्थ,
मुरझाये फूलों की अर्थी-सा पड़ा रहा,
श्रद्धा की सूली पर चढ़ा रहा!
घृणा की तिज़ोरी में
श्रद्धा का राजमुकुट ताले-सा जड़ा रहा!
एक घृणित मिथ्या के हाथों तब
एक सत्य श्रद्धामय बेच नहीं पाया मैं,
बेचा ही नहीं गया!

('प्रहरी' जबलपुर में प्रकाशित)

घड़ी का काँटा

मैं एक घड़ी का काँटा हूँ!
मैं बोल रहा हूँ जो कुछ भी
यह बात घड़ी की है भाई
जो बिना बुलाये मेरे ओठों पर आई
इसलिये बताये देता हूँ–
इस भाग-दौड़ हो-हल्ले में
मैं तो केवल सन्नाटा हूँ!
मैं एक घड़ी का काँटा हूँ!!

* * *

हैं एक घड़ी में दो काँटे
छोटा काँटा घंटे वाला–
है बड़ा मिनिट का मतवाला;
मैं छोटा हूँ या बड़ा, पूछ सकते हो तुम–
लेकिन मैं भी कुछ ऐसी बात बताऊँगा,
जो शायद अब तक तुम को भी मालूम न हो!
ये छोटे और बड़े काँटे,
जो तुमने अलग-अलग बाँटे–
ये मेरे ही दो टुकड़े हैं!
मैं टूट गया हूँ कुछ ऐसा
जो एक दूसरे का पूरक वह छोटा और बड़ा कैसा!
जो बिछुड़ गया हो अपने से

जो जाग उठा हो सपने से
वह मेरी तरह टूट कर दो टुकड़े हो जाया करता है,
अपनी आत्मा की कील पकड़,
वह एक घड़ी के काँटे-जैसा चक्कर खाया करता है।
मैंने भी चक्कर खाये हैं,
मैने भी पहरा दिया समय की चालों पर,
यदि समय न मुँह खोले तो उसके गालों पर-
जो उछल गया, यह चाँटा हूँ!
मैं एक घड़ी का काँटा हूँ!!

* * *

मैं घूम रहा हूँ एक घड़ी के चक्कर में-
यह सोच-सोचकर कभी-कभी
मेरा मन घबरा जाता है,
मेरा सिर चकरा जाता है,
आँखों के आगे अँधकार छा जाता है!
मेरी कोई आवाज़ नहीं अन्यथा चीख पड़ता मैं भी,
इस चक्करदार रास्ते पर अड़ता मैं भी-
इस अँधकार के सीने में गड़ता मैं भी-
लेकिन यह घड़ी असल में बेहद नाजुक है,
यह टिक्-टिक् की आवाज़ सुनो, इसमें तुक है-
यदि एक बूँद आँसू भी टपके धरती पर
तो उसकी भी आवाज़ सुनाई देती है!
ये सन्नाटे की आवाज़ें, क्या इनका कोई अर्थ नहीं?
जो टिक्-टिक् की आवाज़-इसे क्या अँधकार खा जायेगा,
हर एक घड़ी के काँटे पर क्या अँधकार छा जायेगा,
ये सन्नाटे की आवाज़ें-ये मेरी ही पग ध्वनियाँ है!
मैं चीर रहा हूँ अँधकार की छाती को,
मैं खटक रहा हूँ अँधकार की आँखों में

मैं ज्यों-ज्यों आगे बढता हूँ
मैं ज्यों-ज्यों नये समय की सीढ़ी चढ़ता हूँ–
इस अँधकार की आँखें निकली पड़ती हैं!
मेरी गति पर ये आँखें कान लगाये हैं।
मेरी गति पर–
अपनी टेढ़ी नज़रोंवाली सीधी ऊँगलियाँ उठाये हैं,
क्या सूरज रुकता है ऊँगलियाँ उठाने से!
क्या सूरज झुकता है यों आँख दिखाने से!!
मैं भँवर-सरीखा घूम रहा हूँ वर्त्तमान के सागर में,
मुझ में भविष्य के ज्वार भरे–
मैं भूतकाल का भाटा हूँ!
मैं एक घड़ी का काँटा हूँ!!

* * *

मैं चक्कर खाने वाला काँटा हूँ लेकिन
झूलता हुआ पेंडुलम नहीं,
मैं हूँ जिंदा प्रतीक जागृत परिवर्तन का
कोई धोखा या वहम नहीं!
मेरी गति पर–
टकटकी बाँध कर लगी हुई हैं कुछ आँखें,
टिमटिमा रहा है जिनमें जीवन का प्रकाश–
डबडबा रहे हैं जिनमें अनुभव के आँसू–
आँसू टपकें इसके पहिले
मैं इतना कहना चाहूँगा,
यह समय नहीं है रोने या कि रुलाने का–
हर एक घड़ी का काँटा देखो
खींच रहा है नक्शा नये ज़माने का!
क्या हुआ अगर तुम अँधकार में कहीं अकेले छूट गये–
क्या हुआ अगर तुम चलते-चलते टूट गये–

सुगबुगा रही हैं नये ज़माने की घड़ियाँ,
तुम भी इस नये समय की नाजुक घड़ियों में
जिंदा काँटे की तरह चलो–
तुम भी चीरो इस अँधकार की छाती को–
तुम भी खटको इन अँधकार की आँखों में,
तुम भी खींचो यों नक्शा नये ज़माने का!
तुम भी अपनी चालों में चक्करदार बनो–
तुम भी इस नये समय के पहरेदार बनो!
जिसने भी पहरा दिया समय की चालों पर
वह दुनिया से कह सकता है,
यदि समय न मुँह खोले तो उसके गालों पर–
जो उछल गया, वह चाँटा हूँ!
मैं एक घड़ी का काँटा हूँ!

(आकाशवाणी नागपुर से प्रसारित)

जीवनलाल वर्मा 'विद्रोही'

जीवनलाल वर्मा 'विद्रोही' का जन्म 29 अप्रैल, 1915 को जबलपुर के एक बहुत बड़े मालगुजार परिवार में हुआ था। अपने विषय में उन्होंने लिखा है–'भाग्यदोष से मैट्रिक के बाद ही नौकरी करनी पड़ी। उस समय पिताजी की संपत्ति बिक चुकी थी। कई नौकरियाँ कीं। मैंने नौकरियों को निभाया या नहीं, पर नौकरियों ने मुझे अवश्य निभा लिया।' जबलपुर के दैनिक 'नवभारत' में सहायक संपादक रहे। फिर कानपुर और उसके बाद राँची की एक सीमेण्ट कम्पनी में नौकरी के बाद जबलपुर लौटे। 1948 में मुक्तिबोध के साथ नागपुर में मध्यप्रदेश शासन के सूचना-प्रकाशन विभाग में पत्रकार के रूप में नियुक्त हुए। 1956 में वह तबादले पर नये मध्यप्रदेश की राजधानी भोपाल चले गये। विद्रोही जी अक्खड़ और मस्तमौला स्वभाव के थे। उनकी कविता में भी वही स्वच्छंद मस्ती है। वह कहते थे–'मैं तो बबूल हूँ। छंद की क्यारी में रहूँ, चाहे बेछंद के पेड़ पर, रात रानी मुझे रास नहीं आती। मुझे ज़िंदगी भर बबूल और भटकटैया ही अच्छे लगते रहे।' विद्रोही मूलतः व्यंग्यकार थे। उन्होंने लिखा था–'सच्चा व्यंग्यकार वह है जो अपनी, अपनी बात की ईश्वर की या अपनी प्रेमिका किसी की परवाह नहीं करता।' उनकी 'चरवाहा' कविता कवि-सम्मेलन के मंचों में बहुत प्रसिद्ध हुई थी। इसी शीर्षक से उनकी कविताओं का संकलन 1958 में प्रकाशित हुआ जिसके प्रतिपृष्ठ पर प्रकाशित अपनी सम्मति में मुक्तिबोध ने लिखा–

'विद्रोही जी का काव्य-व्यक्तित्व एक ऊँची पहाड़ी चट्टान पर खड़े हुए भव्य बरगद के समान है। बरगद जैसी ही अनुभव-गंभीरता तथा चट्टानी खुरदुरापन प्रकट करने वाली उनकी काव्य-शैली हिंदी में अद्वितीय है। असल में विद्रोही जी सुदृढ़ जीवन-विवेक को ज्वलंत रूप से प्रकट करने वाली प्राचीन परंपरा का अत्याधुनिक संस्करण हैं। मैंने उनके काव्य को बनते हुए देखा है। उनकी कहन का अक्खड़पन आडम्बर-विरोधी पुराने सन्तों की याद दिलाता है। साथ ही, उनके काव्य की मार्मिक व्यंजना उस अनुभव-प्रसूत जीवन-विवेक की सूचक है कि जो विवेक, जीवन के एकपक्षीय आधार पर न टिककर चतुर्दिक दृष्टि के विशेषणों से संयुक्त अनुभवों के कारण विवेक

कहलाया है। उनकी काव्य-शैली में प्रकट आत्म-विश्वास बहुत प्रभावोत्पादक होने के अलावा, उनकी सुदृढ़ व्यक्तिमत्ता को द्योतित करने के अतिरिक्त, जीवन के मार्मिक सत्यों को सहज रूप से कह जाने की अद्‌भुत क्षमता रखता है। विद्रोहीजी के काव्य में अत्यन्त कोमल किन्तु निर्भय भावना प्रखर स्निग्ध सौन्दर्य में प्रतिबिम्बित हुई हैं। पुरानी गीत शैली को परिष्कृत करके उसे–उस पुराने साँचे को, उन्होंने नया रूप और नया तत्व प्रदान करने की भरसक कोशिश की है। महत्व की बात यह कि इस अनुभव-गम्भीर, सघनच्छाय भव्य बरगद की नयी कोंपलें, नये लाल-लाल पत्ते और नयी शाखाएँ भी फूट रही हैं। उसके तले के आसपास घास उगी हुई है जहाँ गायें और बकरियाँ बड़े मजे में चर रही है। विद्रोहीजी की कविता एक ऊँचे स्तर पर जनतांत्रिक है। वे प्रचारवादी जन-कवि नहीं हैं, यह बात स्पष्ट रूप से कहना आवश्यक है।"

स्वयं विद्रोहीजी ने 'चरवाहा' में संकलित कविताओं की भूमिका में लिखा था–

"आज अपनी कलम के टुकड़े बीन बटोर कर हिन्दी संसार के समक्ष रखते हुए मैं जिस आत्म-विश्वास का अनुभव कर रहा हूँ, वस्तुतः वह मेरे पाठकों का ही दिया हुआ है। वैसे अपनी कविताओं की व्याख्या करने की प्रथा साहित्य में है, सो हुआ करे! इस परम्परा का निर्वाह करने के लिये न मेरे पास आवश्यक 'इनफीरियरटी कॉम्प्लेक्स' है और न पाठकों को 'बिलो स्टैण्डर्ड' समझने की अनावश्यक धृष्टता!

पाठक की हैसियत से स्वयं मेरा दुर्भाग्य यह है कि आज का 95 फीसदी साहित्य मेरे सिर पर से निकल जाता है, अर्थात मेरे लिये 'अबव स्टैण्डर्ड' है। 'बिलो स्टैण्डर्ड' होने की शर्म से मुझे सिर उठाना मुश्किल हो गया होता, यदि शेष पाँच फीसदी पर सचमुच की श्रद्धा न होती!

सो यहाँ तक तो कुछ बनता-बिगड़ता नहीं था, गड़बड़ी तो अब शुरू होगी–'आर्ट' और श्सेक्स' के भरे बाजार में जनपदी के इस लट्ठ-बहादुर को देखकर! डंडे के ज़ोर से ढोर भले ही चराये जा सकें, आदमी तो नहीं हाँके जा सकते!

मार्जित एवं 'मॉडर्न' रुचि-सम्पन्न साहित्य का आभिजात्य वर्ग इसे देखकर नाक-भौं सिकोड़ेगा! असभ्य और अशिष्ट के मुँह से अंग्रेजी सुनकर 'इन्टेलेक्चुअल' भिनकेंगे। राष्ट्रभाषा अपनी हुलिया बिगाड़ने वाले गँवार को योंही नहीं छोड़ देगी!

व्यक्ति और समाज

जगत में समाजों से हटकर अकेले
नहीं व्यक्ति की है अलग कोई सत्ता!
समाजों के होते सबल पेड़ जग में
इन्हीं में कि समझो मनुज एक पत्ता!!

पृथ्वी से ऊँचे उठाये हुए सिर
जिसको विटप के लिये हैं यों जीना!
उसे क्या गरज औ कड़क आस्माँ की
तना है सदा के लिये जिसका सीना!!

नहीं तो हवा के बिना ही ये देखो
गिरते हैं पीपल के पत्ते वे नीचे!
जहाँ पर कि बैठे 'निजानन्द स्वामी'
कानों को मूँदे औ आँखों को मीचे!!

समाजों की जड़ है जमीनों के अन्दर
औ मिट्टी से जीवन की धारा बही है!
इसी से है दुनिया में फूला-फला सब
जीवन की जग में कहानी यही है!!

सुख-दुख

जीवन में सुख-दुख आता है!
पर दुख को ही मैं भाता हूँ, इससे दुख मुझको भाता है!!

(1)
सुख आता तेरे सपने-सा,
पर जन्म-जन्म का संगी यह, दुख आता मेरे अपने-सा!
सुख से तो पल-भर का परिचय, पर दुख से सच्चा नाता है!!
जीवन में सुख-दुख आता है!

(2)
सुख रहता नृप अभिमानी बन,
दुख सबसे ही मिलता-जुलता, बहता आँखों का पानी बन!
सुख दूर-दूर रखता जग से, दुख सब के घर पहुँचाता है!!
जीवन में सुख-दुख आता है!

(3)
(सुख जोगी-सा टुक रमता है,
दुख आँखों का बहता पानी होकर भी बहुत बिलमता है!
सुख समरथ होकर छूँछा है, दुख निर्धन होकर दाता है!!
जीवन में सुख-दुख आता है!)

(4)
जिसके जो कुछ भी सन्मुख है,
उसको उतने ही से सब सुख, जो पास नहीं उसका दुख है!
इसलिये मानकर दुख को सुख, पिंजड़े का पंछी गाता है!!
जीवन में सुख-दुख आता है!

भगवान अभी तुम बच्चे हो

शैतान वृद्ध हो चला, मगर भगवान अभी तुम बच्चे हो!

शैतान 'ऐक्ट' करता खुलकर,
तुम करते परदे में 'ऐक्टिंग',
वह 'हिस्ट्री' है, तुम 'मिस्ट्री' हो–
वह 'रिंग-लीडर' तुम खाली 'रिंग'!
शैतान नगड़दादा सबका, तुम महज मुफ्त के दच्चे हो!!

शैतान मियाँ ने कायम की,
अपनी 'डिक्टेटरशिप' ऐसी,
भगवान तुम्हारे भक्तों की–
संकट में है 'डैमोक्रेसी'!
हे! सारे जग के रखवारे, 'ड्यूटी' के बिल्कुल कच्चे हो!!

शैतान जेब में रखता है
हरदम मर्दानगी का 'टैण्डर',
लेकिन तुम 'डैडी' और 'ममी'–
क़िसमत से हो 'कॉमन जेण्डर'!
दुनिया की बच्ची रोती है, तुम पड़े ख़्वाब में जच्चे हो!!

शैतान जन्म से ही 'ऐक्टिव'
वह दुनिया भर में 'लोकल' है,
तुम-सा मुँह नहीं छिपाता वह–
मानव-समाज में 'सोशल' है!
शैतान नगद देता सबको, पर तुम उधार से सच्चे हो!!
शैतान वृद्ध हो चला मगर भगवान अभी तुम बच्चे हो!

दोपहरी

ओ री! जीवन की दोपहरी!
प्रातः से जो कुछ सुनती, वह सन्ध्या से क्यों देती कहरी!!

*

यह बान सरासर ठीक नहीं,
प्रातः सन्ध्या दोनों के घर, पहिचान बराबर ठीक नहीं!
किसके घर रहने आई थी, किसके घर जाकर तू ठहरी!!
ओ री! जीवन की दोपहरी!!

*

प्रातः के हाथों की प्याली–
चुपके-चुपके किसने जाकर, सन्ध्या के प्राणों में ढाली!
उस पार चुराकर दे आई, किसके जीवन की स्वर लहरी!!
ओ री! जीवन की दोपहरी!!

*

खुद मन को छलने आई तू–
अपनी ही आग लगाई में, युग-युग तक जलने आई तू!
जब जीवन भर जलना ही है, तो चाहे जिसके घर रह री!!
ओ री! जीवन की दोपहरी!!

भाई हम लिखते पढ़ते हैं!

भाई, हम लिखते-पढ़ते हैं!
आवाज़ लगा कर बढ़ते हैं–
हम गली-गली में जनता की टूटी तसवीरें मढ़ते हैं!!

(1)
यों करते अपना पार्ट अदा,
हम जीने और जिलाने को देते हैं नई जमीन सदा!
युग ऊँचा उठे, इसी से हम, हरदम नीवों में गड़ते हैं!!
भाई, हम लिखते-पढ़ते हैं!

(2)
यह दुआ बुजुर्गों की हमको,
अपने से ज़्यादा फिक्र पड़ी है अपने बच्चों की हमको!
पिछली पीढ़ी से बल लेकर, अगली सीढ़ी पर चढ़ते हैं!!
भाई, हम लिखते पढ़ते हैं!

(3)
घिरता जब इतना अँधियारा,
प्यारे-सा लगता नहीं हमें जब अपना प्यारे से प्यारा,
तब यहाँ हमारे अनुभव के चन्दा औ सूरज कढ़ते हैं!!
भाई, हम लिखते-पढ़ते हैं!

(4)

आदत से ही मनमौजी हैं,
जीवन पर यों मर मिटने के, सामान हमारे फौजी हैं!
जिस ओर निकल जाते हैं हम, उस ओर काफिले बढ़ते हैं!!
भाई, हम लिखते-पढ़ते हैं!

चरवाहा

भोर हुई देखो चरवाहा निकला ढोर चराने!

गायें-भैंसें है जिस घर में, उसमें सार' बनी है,
खूँटे और खुलेंता' वाले सब से बड़े धनी हैं!
साँझ-सकारे ये पशुओं को देते भूसा-चारा,
बदले में इनके घर बहती है अमृत की धारा!

चरवाहे की आहट पा कर लगतर' गाय रँभाती
खूँटे पर बछड़े-बछियों की उछल-कूद मच जाती,
गाय चाट-चलती बछड़े को, यह कर चलता दोहनी',
मरखू और बिचकनी गैयाँ करती खासी बोहनी!

पर यह भी इन जानवरों की नस-नस को पहिचाने!
भोर हुई देखो चरवाहा निकला गाय लगाने!!

किसके कितने ढोर-बछेरू सब की इसे खबर है,
कितनों के गिरमा' टूटे हैं, किन किन पर लंगर' है,
किसकी गाय उठी है दोयम किसकी गाय छुटानी',
भैंस भरोसे की बँधवा' में जुड़वाँ पड़ा बियानी!

सब की खबरें लेता-देता दोहनी' करते-करते,
किसका बैल बचा मोंघा में फँस कर मरते-मरते
गायें दुह कर लट्ठ सम्हाला बाँधा फेंटा सिर का,
एक बाँस दिन चढ़ते-चढ़ते ढिल जाता है खिरका'!

तभी सार के बछवा-बछियाँ लगते खूब रँभाने!
भोर हुई देखो चरवाहा, निकला ढोर चराने!!

हाँका' पड़ा गाँव-गलियों में घर-घर से पशु ढिकले',
गुत्थमगुत्था, ठेलमठेली, खड़पड़ करते निकले,
घोरी, पीरी, कारी, कबरी, मुन्डी, सींगों टूटी-
गैयाँ बछियाँ नई कलुरियाँ कूद-फाँद कर छूटी!

अर्रे नाटे' पूँछ उठाये बैल-बिजार उताने,
भैंसों और पँड़े-पँड़ियों के घर में सींग समाने',
आजादी से चरने-फिरने की यह है परिपाटी,
पीछे-पीछे चला बरेदी लिखे हाथ में लाठी!

गँवई-गाँव के गैल-घाट में गोरज लगी उड़ाने!
भोर हुई देखो चरवाहा निकला ढोर चराने!!

डंडे के बल हँकने-हँकते खिरका यह आ पहुँचा,
शाला के पीछे से घूमा मढ़िया तक जा पहुँचा,
गेंवड़ा' छूट गया बस्ती का नदी किनारे जा कर,
'नीचे-घाट' सभी पशुओं ने पानी पिया अघाकर

नदिया की डीहों पर ऊगा जहाँ-कहीं कुछ चारा,
चलते-चलते इन पशुओं ने उसमें भी मुँह मारा;
चरवाहे ने फारिग होकर हाथ-पैर-मुँह धोया,
तितर-बितर होते खिरका को हाँका मार सँजोया!

लगा जोड़ने जानवरों से सब रिश्ते मनमाने!
भोर हुई देखो चरवाहा निकला ढोर चराने!!

नदी पार है सार गाँव की फसलें महक रही हैं,
जिनके दम पर गाँव भरे की चिड़ियाँ चहक रही हैं,

इन खेतों में काश्तकार ने खून-पसीना सींचा,
तब मिट्टी ने मुट्ठी भर-भर जीवन यहाँ उलीचा!

इन बैलों ने जोता बोया, ये बैले गाहेंगे,
इसके बदले में किसान से बहुत नहीं चाहेंगे,
जिन फसलों का सारा जीवन-रस किसान ने चूसा,
उन फसलों में जानवरों का हक है केवल भूसा!

देखो दौड़ पड़ा चरवाहा फसलों को बरकाने'!
भोर हुई देखो चरवाहा निकला ढोर चराने!!

बायें हाथ बही है सोना, दहिने लगा पतेरा',
और सामने से सिद्धों की घाटी ने आ घेरा,
इसी बीच वाले रकबा में खिरका लगा बगरने',
कुछ पशु दो-दो, चार-चार, कुछ लगे अकेले चरने!

भैंसें पानी में जा पसरी आँख मूँद पगुराती,
पूछ उठा कर ऊपर बैठे कौए-चील उड़ाती,
दिन भर घूम-घाम कर चरते, कूदम-फाँद मचाते,
जहाँ मिलें दो साँड़ कि पहले दोनों सींग लड़ाते!

खुली हवा में आ कर ये पशु हैं खुल कर गर्राने!
भोर हुई देखो चरवाहा निकला ढोर चराने!!

बैठे श्याम-सखा बंसी ले जा बरगद की छैयाँ,
जकी-बकी' हो, चित्र लिखी-सी खड़ी बिचारी गैयाँ,
चपल गुजरिया, छम से कूदी बैरन जरिया' बाधा,
काँटों ने डस लई उढ़नियाँ', फँस गई भोली राधा!

साँवरिया ने आँख मूँद जब बात हराकर खोली
"जाओ तुमसे नहीं बोलती" कह कर राधा बोली;

इन पशुओं को नए नहीं ये रोज-रोज के नखरे,
ऊँची-नीची भटपरिया' के गैल-घाट हैं सकरे!

जंगल में मंगल रचने के नित-नित नये बहानें!!
भोर हुई देखो चरवाहा निकला ढोर चराने!

बिर्रा' की मोटी टिक्कड़' के संग चना की भाजी;
खटमिट्टी चटनी से बढ़ कर पी की तुनक मिजाजी,
जब तक श्याम कलेऊ करते राधा कैथा बीने,
मन ही मन गाभिन कजरी के गिनने लगी महीने!

बड़े प्यार से हाथ फेर कर बछड़ों को पुचकारा,
पशु की अनबोली ममता ने माँ का नाम पुकारा,
अब सूरज सिर पर चढ़ आया वन में तपी दुपरिया,
रोटी दे कर लौट चली लो छम-छम परी गुजरिया!

इन पैजनियों' के सुर सुन कर पशु-पंछी बौराने!
भोर हुई देखो चरवाहा निकला ढोर चराने!!

गौ-माता की सन्तानों से मिल कर बनता खिरका,
पर इसमें जड़-पशुता वालों का भी होता फिरका;
अड़ियल ढोर गँवारी करते, मछराते मुस्टण्डा,
ऐरों-गरियारों' पर पड़ता चरवाहे का डण्डा!

लेकिन ऐसा कम होता है, पशु खुद बहुत समझते,
जान-बूझ कर कभी आदमी से वे नहीं उलझते,
इसीलिए अनगिन पशुओं को फकत एक चरवाहा,
जुगों-जुगों से चरा रहा है जैसा मन ने चाहा!

अकल नहीं होती पशओं में कहते सभी सयाने!
भोर हुई देखो चरवाहा निकला ढोर चराने!

चरते-फिरते बीत गया दिन बेला लटक गई है।
चलते सूरज की कलगी उस वट में अटक गई है।
बिना कहे पशु समझ गए सब उजड़ा वन का मेला,
खिरका ले कर लौट पड़ा यह चरवाहा अलबेला!

कौंधों के पीछे लाठी पर दोनों हाथ झलाये,
चरवाहा फागें गाता है खिरका ताल मिलाये,
इनके मन में थान खोदने की है हाला-फूली,
नन्दग्राम पर उतर रही है यह पावन गोधूली!

नदी किनारे से मढ़िया के लाल निशान दिखाने!
साँझ हुई लौटा चरवाहा सोई सार जगाने!!

खड़पड़-खड़पड़ लौट रही है यह पशुओं की दुनिया,
घुनर घुनर कर बोले घंटी घनन घनन घुनघुनियाँ;
व्याकुल लौट रही गौओं को तब तक धाक न होगी!
खूँटे पर बच्छे से जब तक चूम-चटाक न होगी!

गायों, भैंसों, बैलों, बछड़ों की लम्बी लमडोरी,
द्वार-द्वार पर टूट रही है, घर-घर बाँधा-छोरी;
सब के ढोरों को पहुँचाता ऊँची टेर लगाता-
घर को लौट रहा चरवाहा श्जय गोपाल' गुँजाता!

आहट पा कर दौड़ी राधा चिलम-तमाखू लाने!
साँझ हुई लौटा चरवाहा सूनी सार सजाने!!

दिया जले जब भूसा-सानी या दोहनी कर आया,
मौका पाकर चंचल मन ने ग्वाले को उकसाया;
राई-फागें गाने वाले आओ बैठो तन के-
आज ग्वाल-टोली में ढोलक बहुत रात तक ठनके!

यह ढोलक ठनकाने वाला, यह चरवाहा-वाला,
श्याम-सखा है यह भारत के गोधन का रखवाला,
गोरज उड़ती रहे सदा उस गोधन के पाँवों की-
जिसके काँधों पर है खेती भारत के गाँवों की!

सुन लो बजने लगी ढुलकिया सब मिलकर रसियाने!!
रात हुई, गाते हैं। ग्वाले-'चल राधे बरसाने!'

शब्दार्थ : सार=पशुओं को बाँधने का स्थान। खुलेंता=चरोहर। लगतर=दूध देने वाली। दोहनी=गाय भैंसों का दूध लगाना। मरखू और बिचकनी=सींग हिलाने वाली और लात फटकारने वाली। गिरमा=रस्सी। लंगर=ठेंगा। छुटानी=जिसने दूध देना छोड़ दिया हो। बँधवा=विशिष्ट क्षेत्र। खिरका=पशु-समूह। ढिकले=निकले। हाँका=ऊँची टेर। अर्रे नाटे=नये बैल। बिजार=साँड। उताने गर्राने। घर में सींग समाना=मुहावरा। गेंवडा=आबादी की हद। अघाकर=जी भर। मुँह मारना=मुहावरा। हार=गाँव की कृषि भूमि। जोतना, बोना, गाहना=कृषि कार्य। बरकाना=बचाना। पतेरा=छेवला का जंगल। बगरना=फैलना। जकी बकी=मंत्र-मुग्ध। जरिया=काँटों की सूखी झाड़ी। उढ़निया=ओढ़नी। भटपरिया=विशिष्ट क्षेत्र। बिर्रा=गेहूँ और चना। टिक्कड़=मोटी रोटी। पैजनियाँ=पैर की पैजनी। ऐरों=आवारों। गरियारों=कामचोर। बेला लटक गई है=शाम होना। थान खोदना=मुहावरा। हाला-फूली=बहुत खुशी। धाक न होगी=जी को चैन न मिलेगा। चूमचटाक=मुहावरा। लमडोरी=लम्बी कतार।भूसा-सानी=भूसा-दाना। राई-फागें=प्रचलित लोकगीत। दुलकिया=ढोलक।

विपिन जोशी

विपिन जोशी का जन्म 30 सितम्बर, 1922 को बड़वानी (मध्यप्रदेश) में हुआ। 18 अगस्त, 1961 को लम्बी बीमारी के बाद हमीदिया अस्पताल, भोपाल में उनका निधन हुआ। मूलतः वह गीतकार थे। उनके दो काव्य-संग्रह 'साधना के स्वर' और 'छन्दों की छाँह' प्रकाशित हैं। माखनलाल चतुर्वेदी ने उनके संबंध में लिखा था–'विपिन जोशी के गीत न केवल मध्यप्रदेश की, किन्तु हिन्दी संसार की निधि हैं। श्रीकांत जोशी ने लिखा–'विपिन जोशी मध्यप्रदेश की शान थे। गीतिकाव्य क क्षेत्र में वे एक तरह से बेजोड़ थे। उनके गीतों में अनुभूति की सच्चाई, अध्यात्म की ऊँचाई और अभिव्यक्ति में एक विशेष प्रकार की सफाई मिलती है। अपने मधुर कंठ के कारण कवि सम्मेलनों में विपिन जोशी अलग होकर दीखते थे। वे उन विरल कवि-मनस्वियों में से थे, जिनके गीतों की आत्मा और अभिव्यक्ति में एक ऊँचाई रहती है। वे प्रणय, प्रकृति और पूजा के गायक थे और इन तीनों में उनकी आध्यात्मिक दृष्टि अपनी शक्तियों सहित अनुस्यूत रहती थी।'

विपिन जोशी छायावादोत्तर काल की तथा प्रगतिवाद की मध्यस्थ कड़ी थे। मृत्यु के उपरांत उनका प्रथम काव्य-संग्रह 'साघना के स्वर' का प्रकाशन सन् 1961 में हुआ। दूसरा काव्य-संग्रह 'छंदों की छाँह' उनके अभिन्न मित्र श्री नत्थूसिंह चौहान के संपादन में सन् 1990 के करीब प्रकाशित हुआ। चालीस-बयालीस वर्ष के लंबे अंतराल के बाद 'साधना के स्वर' का पुनःप्रकाशन 'विपिन साहित्य परिषद्' ने ही किया। इन काव्य-संग्रहों में उनका संपूर्ण कविता-साहित्य आ चुका है। इसके साथ ही 'पुनश्च' पत्रिका के माध्यम से उनके निजी पत्र एवं दैनंदिनी साहित्य भी प्रकाशित हो चुके हैं। उनकी एक लंबी कहानी तथा एक अधूरी कहानी–मात्र इतना कथा साहित्य ही शेष रह गया था, जो अब 'विपिनी जोशी-शेष' नाम से पुस्तकाकार प्रकाशित है।

'नर्मदा की सुबह' में प्रकाशन हेतु अपनी रचनाओं के साथ विपिन जोशी ने रामकृष्ण श्रीवास्तव को पत्र लिखा था :

इटारसी, 28 फरवरी '55

प्रिय राम,
प्रगाढ़ालिंगन।

जैसा तुम्हारा जी मेरे लिए हो रहा है, वैसा ही मेरा जी भी तुम्हारे लिए हो रहा है। गनीमत है, दोनों म्यान में हैं। अमरावती नहीं आने का मुझे भी दुख है। पिछले सप्ताह से सीने में दर्द हो रहा है। बड़ा प्राण-घातक दर्द होता है। किसी दिन वही दर्द मुझे तुम सबों की स्नेह-छाया से जुदा कर देगा। यदि अमरावती आता तो रास्ते में ही शायद वास्तविक अमरावती पहुँच जाता। उस रात को काफी दर्द रहा। दिल का दर्द है, आसानी से नहीं छोड़ेगा। फिलहाल ठीक हूँ।

तुम्हें आश्चर्य होगा, लेकिन यह सच है कि मुझे अपनी जन्मतिथि नहीं मालूम है। जीवन में कई घटनाएँ घटी हैं। बचपन आवारागर्दी में बीता है। अनुभव ही संस्कार बने हैं। माता-पिता और परिवार से बहुत कम पाया है। अपना जीवन-वृत्त क्या लिखूँ? लिखो तो श्रीकांत का भ्रमण-वृत्तान्त बन जाए। प्रचार के लिए रूपक लिखना कठिन है। कलम रुक जाती है। तुम्हें सब कुछ कह सकता हूँ। अच्छा भी, बुरा भी। तुम्हारा आदेश नहीं टाल सकता। कविता के साथ वक्तव्य और जीवन का छायाभास आखिर भेजना पड़ा। अब तक टालता आया था। तुम्हें मिलने की इच्छा प्रबल ही नहीं, तीव्र भी है। 'कलम के टुकड़े' भेजना। अभी नहीं पढ़ी। होली शायद ही मिलन-पर्व बन सके। कोशिश करूँगा। श्री विद्रोहीजी को सप्रेम नमस्ते। पत्र की आशा में।

विपिन
तुम्हारा ही

इस पत्र के साथ उनका संक्षिप्त आत्मकथ्य 'जीवन का छायाभास' था।

जीवन का छायाभास

अपने जीवन का संपूर्ण चित्र खींचने में असमर्थ हूँ। मुड़कर पीछे देखने से छाया जरूर नज़र आती है, लेकिन उसमें रूप-रंग नहीं दिखाई देता। सनातन धर्मावलम्बी औदीच्य ब्राह्मण कुल में जन्म लेकर भी पंचांग से विहित जन्म तिथि बताने में विवश हूँ। निश्चित आयु बताना कठिन है। अंदाजन 28 और

30 के बीच चल रहा हूँ। हाँ, जन्मदिन याद है। जिस दिन मेरा पहला स्वर फूटा था उस दिन विजयादशमी थी

पिता का नाम रामचंद्र जोशी है। मजिस्ट्रेट थे। धर्मप्राण थे। तुलसीकृत रामायण उनका सर्वाधिक प्रिय ग्रंथ था। रोज पाठ करते थे। उनसे संस्कार-रूप में रामायण की ओर प्रबल झुकाव मिला। कविता में अनुप्रास की प्रवृत्ति उसी संस्काए-बीज का अंकुर है। माताजी बहुत उदार हृदय थीं। उस ज़माने में छुआछूत को न मानना उनकी आश्चर्यजनक विशेषता थी। उन्हीं की कृपा से मैं बहुत कम उम्र से ही छुआछूत के रोग से मुक्त हो गया। दो भाई हैं। दोनों मुझसे बड़े हैं। दो बहनें हैं। मैं परिवार में सबसे छोटा हूँ। जन्म-स्थान बड़वानी (मध्य भारत) होने की वजह से मेरी स्कूली शिक्षा का आरंभ और अंत वहीं हुआ। मैट्रिक तक जाने में केवल एक दरवाजा और बचा था कि शिक्षा समाप्त हो गई। उसके बाद तो

मैंने जो कुछ भी पाया है,
कोने-कोने से आया है।

पहली कविता सन 1938 में लिखी। दो वर्ष अध्यापक रहा। 1944 में अख़बारी दुनिया में प्रवेश किया। 'कर्मवीर', 'आगामी कल', 'जनशक्ति' और 'जन संघर्ष' में काम किया। फिलहाल इटारसी में गांधी वाचनालय में पुस्तकाध्यक्ष हूँ।

एक बात

अथाह ज्ञान का अधिकारी होने की वजह से मनुष्य प्राणी जगत में सिरमौर है। अनंत बुद्धि में असीम अतृप्ति निहित है। अतृप्ति ने ही साहित्य, धर्म, विज्ञान, संगीत, शिल्प और राजनीति को जन्म दिया है। भारतीय आचार्यों ने मनुष्य की मूल वृत्तियों को नौ भागों में, नौ रसों के नाम से विभाजित किया है। काव्य को शास्त्रीय सीमा में बाँधने का प्रयत्न किया है। मैं वादों में नहीं, इन्हीं नौ रसों के अंतर्गत काव्य-जगत में चल रहा हूँ। अनुभूति को काव्य की आत्मा मानकर, मैं वादों के सुनहरे पंखों पर नहीं, अनुभूति की ही ठोस जमीन पर गिरता-उठता चलता रहा हूँ। शृंगार, हाहाकार, उद्घोष और क्रांति के गीत और छंद, अनुभूति पर गिरने वाले बिम्बों के ही विभिन्न प्रतिबिंब है, जो काव्य-दर्पण में उतर आए हैं। मेरे काव्य-रक्त में गुंजन और गर्जन दोनों विद्यमान हैं। अपनी कविताओं के विषय में इससे अधिक और क्या कहूँ? मैं ऐसी कविता लिखने का पक्षपाती नहीं हूँ जिसे वक्तव्य देकर स्पष्ट करना पड़े।

मौत और ज़िंदगी

मौत की आवाज़ आती है मगर–
ज़िंदगी जैसे मचलती आ रही।

चल रहा है घाटियों से कारवाँ
हर कदम पर मिल रही खामोशियाँ,
कब्र की मनहूस मायूसी लिए
रात लेती है अजब अँगड़ाइयाँ
डस लिया तुमने उजाले को मगर
चाँदनी जैसे पिघलती आ रही!
मौत की आवाज़ आती है मगर
ज़िंदगी जैसे मचलती आ रही

सब दिशाएँ सो गईं चुपचाप हो
जब सुनाई आँधियों ने लोरियाँ!
घूम कर, झुक-झूम कर, पथ चूम कर
दे रहा मरघट स्वयं है फेरियाँ
चुप सितारों की सितारे हैं, मगर
रागिनी जैसे बिखरती आ रही।
मौत की आवाज़ आती है मगर
ज़िंदगी जैसे मचलती आ रही।

सफर में अरमान सारे सो गये
जहर जीवन की ज़मीं पर बो गये

और आशा के अमिट अभिलेख भी
काल के काले थपेड़े धो गये!
कामना पर कफन फैला है मगर
कल्पना जैसे विहँसती आ रही।
ज़िंदगी जैसे मचलती आ रही।

पंथ फैला है क्षितिज के पार भी
चल रहा हूँ और चकनाचूर हूँ
गा रहा कोई कहीं सुनसान में
सुन रहा हूँ किंतु बेहद दूर हूँ
प्राण पर पाषाण रखा है मगर
प्रेरणा जैसे उफनती आ रही
मौत की आवाज़ आती है मगर
ज़िंदगी जैसे मचलती आ रही।

स्वयं जाग कर बोल रहा हूँ

नई सुबह की नई हवा में स्वयं जागकर बोल रहा हूँ।

प्राची में लाली छाई है, लाली में आभा आयी है।
आभा का आंचल कर में धर किरणें नीचे ले आयी हैं।
तम की ताकत टूट गई है, भय की क़िसमत फूट गई है।
सन्नाटे के कठिन कंठ से, स्वर की दहशत छूट गई है।
खामोशी के कारागृह में स्वर के बंधन खोल रहा हूँ।
नई सुबह की नई हवा में, स्वयं जाग कर बोल रहा हूँ।

लहरों में हलचल लहराई, हलचल में आई अँगड़ाई।
अँगड़ाई में ऊपर नीचे जीवन की साधें मँडराई।
साधों में सपना पलता है, सपनों में साहस चलता है।
साहस के कंधों पर चढ़कर, यौवन का दीपक जलता है।
काल तराजू स्वयं उठा कर, यौवन का धन तौल रहा हूँ।
नई सुबह की नई हवा में, स्वयं जाग कर बोल रहा हूँ।

पहले खुद को खूब टटोला, तब मन का दरवाजा खोला।
मन में छुपे हुए अमृत को फिर बाहर के विष में घोला।
अमृत बढ़ता ही जाता है, जहर निकलता ही जाता है।
एक रोज अमृत के भीतर जहर अचानक घुस जाता है।
जिस जीवन में आग भरी है, उसमें आसव घोल रहा हूँ।

चाँदनी

चाँदनी
बाहर बिछी हैं!
शांत, सुस्थिर, अगम अ-मलिन।
खूब गहरा, गहरा नीला
दूर तक–
फैला हुआ है।
दूर तक– लहरा रहा है,
एक सागर!

एक सागर आसमाँ है वह
आसमाँ है वह!
कि जिसके पार का अंदाज
बे-अंदाज ही
अब तक रहा है!
क्योंकि नज़रों की नज़र भी देख कर
पथरा गई है
ओर उसका, छोर उसका!

एक उसमें तैरती है
रजत की नौका रूपहली
मंद मंथर!
स्वर्ग की बाला वहाँ से
मदिर आसव ढालती है गगन से भू तक

सुधा के बिंदुओं की झर लगी है!
चाँदनी बाहर बिछी है!

चाँदनी बाहर बिछी है!

झाड़ पर
डालों-डगालों, पत्तियों पर
नाचती है खेत-खलिहानों
कि मंदिर-मस्जिदों पर
थिरकती है।
अभ्रचुम्बी उच्च महलों पर
स-गर्वित
ठुमकती है!
फूस-पत्तों, वन कुशों में
सहमते-से, सिहरते-से, सिसकते-से झोपड़ों को
प्यार से, औदार्य से
भर अंक में
रस-अन्विता
चुमकारती है!
बुर्ज-दीवारों
छतों-छज्जों
घरों-घर डोलती है।
ताल नद-नालों, कछारों, बालुका में
झमकती-सी मचलती है
जल तरंगों पर चढ़ी उन्मादिनी रस घोलती है
वन-वनों में स्वप्न की रंगीन दुनिया खोलती है!

बिंदु वे
जिन पर कि लाखों स्वर्ग के सुख हैं निछावर
बिंदु वे जो अमर गण भी

बिंदु का भी बिंदु पाने
ललकते हैं, तड़पते हैं, तरसते हैं,
आज वे ही बिंदु क्या
पर–
जन-जनों पर
कण-कणों पर
शुभ्र-निर्मल, श्वेत उज्ज्वल सिंधु-सा
लहरा रही है!
देख तो वह शैल क्या
गिरि-गह्वरों में जा धँसी है।
चाँदनी बाहर बिछी है!

चाँदनी बाहर बिछी है!

चोर-सी छिपती
भ्रमित-सी, हिचकिचाती-सी, ठगी-सी,
झाँकती-सी, झिझकती-सी
द्वार में घुसकर
सलोनी
पास मेरे आ रही है!
चरण-तल पर वह पड़ी है
रूप रानी!
या–
पड़ी साकार हो जैसे जगत भर की जवानी!
कुछ हिली,
जैसे हिला हो–
छलकता रस-पात्र अनुपम;
कुछ हिली,
जैसे हिला हो झिलमिलाता
पर मधुरतम;

कुछ हिली,
जैसे हिला हो दूध का पोखर मदिरतम!

वह उठी;
उठ कमर में–
लिपटी कि
लिपटी बाहुओं में उर्वशी-सी,
अप्सरा अलकापुरी की आ गई,
मानो कि हो–
भुज-बंधनों में
और–
अब इन रजत पाशों में
हुआ आबद्ध हूँ मैं!
किंतु जो देखा–
तो राका,
पवन से लिपटी हुई है!
मैं नहीं पर निखिल जगती,
एक तंद्रिल, एक मधुरिम
एक स्वर्गिक
एक लास में छक-सी खड़ी है
चाँदनी बाहर बिछी है!

चाँदनी बाहर बिछी है!

और,
मेरे प्यार के
सपने उजागर कर रही है!
पुतलियों में मधुर-मादक, मदिर-मोहक
मद भरी स्मृतियाँ रसीली
आँसुओं को

उँगलियों से स्पर्श कर उकसा रही हैं!

किंतु तेरे स्वप्न मीठे ही भले हों
बीन पर झंकृत सुरीले स्वर भले हों
तान पर कुर्बान लाखों सुख भले हों
फोड़ मीठे स्वप्न-घट
उठ रे विलासी!
तोड़ दे वे तार तंत्री के कि जो तेरी नसों में
रग-रगों में
स्नेह की, मनुहार की संगीत-मदिरा ढालते हैं

क्योंकि तेरे पास ही
तेरी बगल में
देख तो वह दृश्य जिसको देखकर तू नरक कहता है
जिससे उसका कलेजा काँपता है!
चाँदनी के ठीक नीचे—
मत उन्हें मानव कहो, कुछ पशु पड़े हैं
जो कि अपनी दीनता से, हीनता से
कंठ तक मानो गड़े हैं।
कुछ पड़े ऐसे
कि जैसे भूत पथ पर आ पड़े हों;
कुछ पड़े ऐसे
कि जैसे नर-फलों को मौत ने खा कर-चबा कर
जो बचे छिलके उन्हें बिखरा दिया हो,
थूक कर—
भू पर,
पथों पर, स्टेशनों पर, और वृक्षों के तले
या नालियों में।
कुछ पड़े ऐसे कि जिन्दे शव पड़े हों
चल रही हो साँस जिनकी

यंत्रवत हो,
मर चुका हो किंतु
जीने का,
कि जिनका प्राण-रस हो।
और तू?
और तू
इस दान की मायाविनी की गोद में इस
सर्पिणी के विष भरे मादक रसीले बाहुओं में
प्यार के बेवक़्त गाने गा रहा है?
बीन पर बीते सुखों की मद भरी स्मृतियाँ,
कि तू दोहरा रहा है?
दूध की चादर जिसे तू समझ कर ओढ़ा हुआ है,
किंतु वह लाखों करोड़ों दिलजलों पर, बेकसों पर,
बेघरों पर, बे-ठिकानों और उन खानाबदोशों पर
कि जिनकी हड्डियों से मौत की काली भयंकर मूर्ति
भीमा
झाँकती है
पाँव जिनके डगमगाते हैं
कि जिनको कदम रखने के लिए है गाँव
तो क्या राह पर भी क्रूर शासन का
पड़ा पहरा कड़ा है
और उनकी देह के विध्वस्त टूटे खँडहरों पर
यह तमिस्रा की सुता-श्वेतांबरा
लिपटी कि जैसे कफन की चादर तनी है
चाँदनी बाहर बिछी है!

मैं प्रलय-घन हूँ गरजता

मैं समुन्दर हूँ लरजता
एक-दो
दो-तीन की वो बात क्या है,
कोटि लहरों के उठा कर हाथ,
वे कि जिनमें शक्ति का सूरज छिपा है,
दे रहा हूँ मैं चुनौती
गरज कर, ललकार करके
काल को,
और काल के कोदण्ड को!
कोदण्ड जिसमें
मरण की रस्सी बँधी है,
दे रहा हूँ मैं चुनौती उस
अलक्षित और अपराजित, अ-मर्दित काल को!
तुम पूछते हो कौन हूँ मैं?
मैं तुम्हारी खंड सत्ता का अखंडित रूप हूँ-
जलता-धधकता, उबलता, घिरता-घुमड़ता
काल का भी काल
जन-संघर्ष हूँ मैं
क्योंकि शोषक शासकों,
अन्याय, अत्याचारियों के दुर्ग पर,
प्रासाद पर, महलों किलों पर,
कड़कता-हुँकारता मैं प्रलय-घन हूँ गरजता!
मैं समुन्दर हूँ लहरता!

मैं प्रलय-घन हूँ गरजता
नीर है मुझ में,
भभकती आग भी है,
सृजन की मल्हार,
भैरव-राग भी है
फेंकता हूं बीज मैं
निर्माण के प्राणद रसीले,
और बरसाता कभी हूँ नाश के नाशक नशीले अग्नि शोले!
सृष्टि को जो चीर धँस जाते तलाताल में!
न भूलो,
जो मुझे भूला
उसे जग भूल जाता है किसी दिन!
सोलवाँ लुई, फ्रांस का सम्राट
मद में भूल बैठा था मुझे
तब–
वाल्टेयर और रूसो के स्वरों में दे चुनौती
उस निरंकुश शाह को
मैं उठ बवंडर-सा
वहाँ आया पलटने
मनुजता के खून से लथपथ सिंहासन को।
और पहुँचा रूस
जो था जर्जरित-पीड़ित-प्रताड़ित
जार, जुल्मी जार के पैरों तले जो बन गया था
एक दोजख-सा, नरक-सा!
ज़िंदगी का गीत
जैसे मर्सिया-सा, सिसकता-सा उठ रहा था–
रूस के जिन्दे शहीदों की कबर पर!
और तब मैं घुमड़ता-सा गरज उट्ठा,
धधक कर
हुंकार उट्ठा

लहर कर
ललकार उट्ठा

मैं कि लेनिन और पुश्किन के स्वरों में
जार?
जिंदा जल गया मुझमें!
कि मेरी आग में तब–
कौन उसमें बच सका जिंदा!
मैं जहाँ पहुँचा वहाँ फिर कौन ऐसा
चांग-काई-शेक़ है जो ठहर सकता?
मत मुझे छेड़ो
अरे, ओ लोभ के, पाखंड-मिथ्याचार
भ्रष्टाचार-अत्याचार के कीड़ो,
कि मुझको छेड़ना अच्छा नहीं है
मैं बवंडर हूँ लरजता!
मैं प्रलय घन हूँ गरजता
मैं बवंडर हूँ लरजता!
लड़ रहा हूँ आज भी मैं
दलित इंडोचाइना में या कि मोरक्को
कि कवलित कोरिया में
और भारत में, कि जो आजाद होकर भी
गुलामी के दुखों को भोगता है;
हाँ, वही भारत जहाँ
मैं कुछ दिनों पहले लड़ा था–
शक-हूणों-तातार-मुगलों
और उस साम्राज्यवादी से
कि जो इंसानियत का खून पीकर जी रहा है।
आज भी नक्शा बता देगा तुम्हें
वे खून के धब्बे कि जो इंसानियत के नाम पर
फैले हुए हैं

मैं उठा–
लाखों-करोड़ों पाँव मेरे साथ थे
और हाथों में अनेकों हाथ थे
मैं कड़क उट्ठा
कि लाखों स्वर कड़क उट्ठे
प्रलय के बादलों से–

घन-घनन-घन
घन-घनन-घन
झन-झन्न-झन
झनझनाती बेड़ियाँ टूटीं,
कि मेरी विजय दुंदुभी बज उठी
जल-थल-गगन में!
पर विजय में मत्त चकनाचूर होकर
देखता हूँ तुम मुझे फिर भूल बैठे
यह न सोचा, मैं तुम्हीं में हूँ,
किसी दिन फिर उठूँगा और तुमको
भूल पर रोना पड़ेगा
या कि पछताना पड़ेगा।
देखते हो–
कारखानों में अँधेरा हो रहा है
मैं वहाँ से उठ रहा हूँ
या कि मेरी शक्ति का सूरज पलोंपल उठ रहा है!
देखते हो उधर खेतों में स्वयं इंसान गड़ता जा रहा है,
समझ लो तुम वह गड़ा इंसान मेरे साथ है,
या मैं स्वयं को, उस मनुज को लेकर
यहाँ मँडरा रहा हूँ!
नाश के तूफान-सा, निर्माण का
आह्वान ले!
कान खोलो, कान खोलो!

मत बनो बहरे!
सुनो मैं फिर प्रलय की रागिनी बिखरा रहा हूँ
उठ रहा जो स्वर
खुले खेतों, मिलों से,
और कुटिया झोपड़ों से,
कौन सिंगमेनरी
कि बोओ-दाई है
जो रोक सकता इन स्वरों को?
सुनो, तुम इज़्ज़त करो
इन अग्नि-गीतों
अग्निशोलों की करो इज़्ज़त!
न भूलो, छेड़ना मुझको बुरा है
क्योंकि मैं 'हूँ'
आज का गोला दहकता!
मैं बवंडर हूँ लरजता!
मैं समुन्दर हूँ लहरता!
मैं प्रलय-घन हूँ गरजता!

महातिमिर है ज्योति जगाओ!

महादेश के महावक्ष पर
तम का एक निरंकुश शासन सदियों से फैला है;
तम की सजी घिनौनी-काली जंजीरों में
कसकर जकड़ गया है!

शिव-धनु-से इस तिमिर-धनुष को
जो कि पुराना है, भारी है,
कई शक्तिपालों ने मिलकर बहुत उठाना चाहा
लेकिन उठ न सका है।
हिल न सका है,
धँसता गया ज़मीं के नीचे,
नीचे-बिलकुल अन्तराल में!
राम चाहिये,
ज्ञान-शक्ति से उठा सके जो इस पिनाक को।
ज्योतिर्बाला वरण कर सके!
और–
दशानन को
कुवृत्ति के दशाननों को
कुचल सके जो।
सबके भीतर ज्ञान-जोति जो जला सके!
यह–
"भू सब की है, सब भूस्वामी;
पानी, भवन, प्रकाश, सभी का है,

वैसे ही भू सब की है!"
इसी सत्य को भूल रहे हो;
अँधकार बढ़ता जाता है
अँधकार के महागर्भ से–
एक राम उठता जाता है!
जिस दिन-
भूखा राम उठेगा,
अँधकार के सड़े-गले-जर्जर पिनाक को
पलक मारते ही भंजन कर,
अपनी भूखी
भू-पुत्री 'सीता' को लेकर,
भू-पुत्रों के हाथ
भूमि को बाँट चलेगा;
नहीं रोक पायेगा
उसको, कोटि 'परशुरामों' का साहस!

> अँधकार-युग खत्म हो गया, सभी कह रहे।
> किन्तु नहीं यह खत्म हुआ है;
> अभी-खत्म होना बाकी है!

नहीं राम जन्मा है,
लेकिन–
कई दिलों से राम उठ रहा; कई 'रावणों से लड़ना है,
इसीलिये तो–
राम कई 'रामों' में बँट कर,
अँधकार फैलाने वाले रावण को ललकार रहा है!

> तोपें, मशीनगन
> और–
> ज़हरीले आयुध,
> बम, एटमबम
> हाइड्रोजन बम,
> सभी धरे रह जायेंगे

जब–
कोटि भूमिहीनों की सेना, कोटि भूमि–पुत्रों की सेना,
शंख फूँक कर ललकारेगी,
ताल ठोंककर भिड़ जायेगी,
अन्धकार फैलाने वालों से, जागृत हो, लड़ जायेगी!
देखो–
बढ़ी आ रही आगे कोटि भूमि–पुत्रों की सेना,
ऐसी बढ़ी आ रही, जैसे–
सागर की लहरें बढ़ती हैं!
बिजली की लहरें बढ़ती हैं!!

ज्योति जलाओ!
ज्योति जलाओ! अँधकार है,
रावण सभी छुपे हैं भीतर!
भाग न जायें; अँधकार–दुबक न जायें!
ज्योति जलाओ! ज्योति आ रही है अमृतमय!
आज, ज्योति का स्वागत करने ज्योति जलाओ!
ज्योति?
ज्योति यह–
जिसमें सब रावण बन्दी हैं, जिसमें सब जयचन्द बन्दी हैं,
जिसमें सब 'जुडास' बन्दी हैं,
सभी–मीर जाफर बन्दी हैं!
ज्योति जलाओ–ज्योति आ रही!
महातिमिर का राज हटाने,
महातिमिर का मान मिटाने,
महातिमिर में–
द्वार–द्वार पर, छतों–छतों,छज्जों–छज्जों पर,
दीवारों के शीश–शीश पर–
जगमग, जगमग, दीप जलाओ!
महातिमिर है, ज्योति जगाओ!

हरि ठाकुर

16 अगस्त 1927 को रायपुर में हरि ठाकुर का जन्म हुआ। उन्होंने बी.ए., एल एल. बी. तक शिक्षा प्राप्त की तथा वकालत को अपना व्यवसाय बनाया। वह स्वतंत्रता-संग्राम सेनानी थे। उन्होंने हिन्दी तथा छत्तीसगढ़ी में काव्य-रचना की। उनकी 30 से अधिक कृतियाँ प्रकाशित और चर्चित रही हैं। छत्तीसगढ़ के महत्वपूर्ण इतिहासविद्, स्वतंत्रता-संग्राम सेनानी के रूप में उनकी ख्याति है। छत्तीसगढ़ राज्य निर्माण में हरि ठाकुर की महत्त्वपूर्ण भूमिका रही है। 1942 के भारत छोड़ो आंदोलन से लेकर 1955 के गोवा मुक्ति स्वतंत्रता संग्राम तक वह सक्रिय रहे। मजदूर आंदोलन से भी जुड़े रहे। भूदान आंदोलन में भागीदारी की। 1954 में नागपुर भूदान की पत्रिका 'साम्ययोग' का संपादन किया। इसी सिलसिले में नागपुर प्रवास के दौरान वह मुक्तिबोध के संपर्क में आये। 1960 में उन्होंने छत्तीसगढ़ हिंदी साहित्य सम्मेलन की अध्यक्षता की। 1964-65 में वे 'संज्ञा' मासिक पत्रिका के संपादक बने और 1967-68 में साप्ताहिक 'राष्ट्रबंधु' के। वह छत्तीसगढ़ राज्य निर्माण संयोजन समिति के संयोजक भी रहे। 1995 में उन्होंने सृजन सम्मान संस्था की स्थापना की और 2001 तक इसके अध्यक्ष रहे।

उनकी प्रकाशित कृतियाँ हैं–

कविता संग्रह : लोहे का नगर, नये विश्वास के बादल, जय छत्तीसगढ़, पौरुष: नये संदर्भ, मुक्ति गीत, गीतों के शिलालेख, हँसी एक नाव सी (गीत संकलन)

छत्तीसगढ़ी रचनाएँ : धान के कटोरा, बानी हे अनमोल, छत्तीसगढ़ी गीत अउ कविता, शहीद वीर नारायण सिंह (खंडकाव्य)

इतिहास, शोध, जीवनी : त्यागमूर्ति ठा. प्यारे लाल सिंह, छत्तीसगढ़ के रत्न, उत्तर कोसल बनाम दक्षिण कोसल, छत्तीसगढ़ के इतिहास पुरुष, छत्तीसगढ़ गाथा, जल, जंगल और जमीन के संघर्ष की शुरुआत, छत्तीसगढ़ राज्य का प्रारंभिक इतिहास, कोसल की भाषा कोसली, छत्तीसगढ़ का सांस्कृतिक विकास।

यह नये मनुज का दल धरती पर आया है

लो नयी चेतना पिये हुए आ रहा समय
बढ़ रहा नया दल धरती पर इन्सानों का
अब धूम मची अरमानों की, आशाओं की
बल नया जगा भूखे मजदूर-किसानों का
जैसे उपवन के मरघट में छायी बहार
प्राची की मिट्टी तोड़ जगी नूतन किरनें
आ रही गगन से मेघों की फिर से पुकार
खण्डहर की दीवारें अब शेष लगीं गिरने
इनकी आँखों में नये सृजन के सपने हैं
इनके कदमों को स्वयं भविष्यत् चूम रहा
इस वर्त्तमान की तोड़ बेड़ियों को बढ़ता
यह नये मनुज का दल धरती पर झूम रहा
ठोकर खाकर युग बदल रहा अपनी करवट
मुर्दा लहरों में जागी नयी ज़वानी है
तम का सन्नाटा भंग हुआ पद-चापों से
इतिहास मनुज की लिखता नयी कहानी है
लग गयी आग अब क्षीर-सिन्धु की लहरों में
अब नागराज के फण में पड़ी दरारें हैं
धरती विप्लव की पहन चुकी जयमाला है
गंगा-यमुना की लहरों में अंगारे हैं
यह नये-मनुज का दल सन्नाटा तोड़ रहा
नभ के सीने को फाड़ रहे उसके नारे
पर्वत झुक कर उनको प्रणाम तो करते हैं

लो बरस रहे हैं फूल बने नभ के तारे
नमकीन हवाएँ आतीं लाँघ समुन्दर को
भर रही ताजगी नये मनुज की साँसों में
उनकी साँसों की आँधी से ढह रहे महल
हर कदम बढ़ा आश्वस्त नये विश्वासों में
हड्डियाँ काँपती महलों की, मीनारों की
रूढ़ियाँ कफन के लिए आज मुहताज हुईं
दौलत के दाँतों से लोहू की धार बही
शोषण जलता है, धू-धू की आवाज़ हुई
संसार नए साँचे में अब ढलने को है
माथे से बहता हुआ पसीना बोल रहा
मजदूर-किसानों की टोली बढ़ रही जिधर
महलों का ढाँचा जर्जर होकर डोल रहा
हाँ, इन्हीं किसानों-मजदूरों का यह दल है
कहता आया हूँ जिनको मैं इन्सान नया
जिनके पौरुष का लोहा मान रहा ईश्वर
धड़कन में जिनकी उबल रहा अरमान नया
धरती के प्रलय-सृजन के अब ये मालिक हैं
उनके हाथों में हल है और कुदाली है
उनके पेटों में जनम रहे अंगारे हैं
इसलिए कि उनका पेट युगों से खाली है
पर आज न भूखा वह बिस्तर पर सोएगा
खेतों की फसलों पर अब उसका पहरा है
उसकी मुट्ठी में आज सृजन की ताकत है
उसकी साँसों में आज प्रलय का कुहरा है
अपनी रोटी का हक्क नहीं वह छोड़ेगा
हरगिज अपना अब वह ईमान न बेचेगा
छेनी से अपना भाग्य गढ़ेगा पत्थर में
दौलत के हाथों वह अरमान न बेचेगा
नारी की इज़्जत पर पौरुष का है पहरा

बच्चों के सिर पर पापों का अब साया है
बहुओं के माथे के सेंदुर अब निर्भय हैं
चूड़ी की खनकन में अब गीत समाया है
डालों पर झूले सावन में इठलाते हैं
राखियाँ बँधेंगी फिर मजबूत कलाई में
शरमाएँगी घूँघट में नयी बहारें फिर
वंशी की धुन महकेगी फिर पुरवाई में
निकलेंगी बाँकी चितवन से कोंपलें उधर
कलियाँ जागेंगी नाजुक-सी अँगड़ाई ले
आँखों में कजरारी मुस्काहट छलकेगी
उठ बैठेगी हरियाली फिर जम्हाई ले
अब कोई बस्ती नहीं बनेगी हिरोशिमा
हर घर की ईंट बनी इतनी फौलादी है
दौलत की खातिर उजड़ नहीं सकती बस्ती
धरती पर सबको जीने की आजादी है
इन्सान न पी सकता लोहू इन्सानों का
तलवार लिए अब खड़ी हुई तरुणाई है
ऐटम की आग बुझा देंगे हम साँसों से
सौगंध मनुजता की हमने जब खाई है
फसलों की इज़्जत पर अब आँच न आयेगी
फसलों को विधवा कभी न हम होने देंगे
युद्धों की सूनी लपटों के फण कुचलेंगे
लाशों से कभी न धरती हम बोने देंगे
नस नस में अपनी दौड़ रहा पिघला लोहा
माथे पर खौल रहा आरक्त पसीना है
होठों की गर्मी सोख रही है सागर को
हड्डियाँ वज्र से सख़्त, लौह का सीना है
हमने भी जीना सीख लिया है धरती पर
संघर्ष हमारे पौरुष का सिंहासन है
तूफान हमारी तरुणाई का छोटा रथ

आँधी पर अपनी साँसों का अनुशासन है
इंसाफ़ न होगा रिश्वत खोरों का गुलाम
इंसाफ़ न होगा कैदी अब संगीनों का
इंसाफ़ सत्य के साथ खड़ा होगा हरदम
इंसाफ़ सदा ही ख़्याल करेगा दीनों का
हम राष्ट्र-देश की सीमाएँ पी जायेंगे
अब जाति-वर्ण का भेद नहीं जी सकता है
मानवता के सिर पर समता का राजमुकुट
धरने की अपने पौरुष में अब क्षमता है
दुनिया में कोई शक्ति नहीं हमको रोके
बढ़ रही नये इंसानों की यह टोली है
है बदल रही बारूद बर्फ की शक्लों में
तोपों का भूखा पेट, व्यर्थ अब गोली है
अब नये सृजन की भूख सताती मस्तक को
नस-नस में ऐसा खून नया लहराया है
मुर्दों के टीले रोक नहीं सकते हैं पथ
यह नये मनुज का दल धरती पर आया है।

महली संस्कृति

माटी पर है तना वृक्ष
बूढ़ी हरियाली, रना वृक्ष
खो चुका सृजन-चेतना वृक्ष
मिट्टी के नीचे हाँफ रहीं खोखली जड़ें।
पोपली हँसी हँस रहा दीप
उसके नीचे तम अंतरीप
कीड़ों का है जमघट समीप
उसकी किरणों में शक्ति नहीं तम से झगड़ें।
महलों में नाच रही संस्कृति
सोने की पायल की झंकृति
वैभव की दुर्गंधित विकृति
विप्लव को रोक सकेंगी क्या ये स्वर्ण छड़ें?
शैतान पुण्य का बना बाप
बेहोश रूढ़ियों का प्रलाप
मानवता को दे रहा शाप
लेकिन आँधी कब गिनती है कितने उजड़े?

सो गया चाँद है मेरा

बादल की गोरी बाँहों में सो गया चाँद है मेरा।
है बिछल रही चाँदनी घने
वृक्षों की कोमल शाखों पर।
सपनों की छपती परिभाषा
अँधी आशा की आँखों पर।
पत्तों की सूनी आवाज़ें
कब्रों में काट रहीं चक्कर।
फूलों की इन दरगाहों में खो गया चाँद है मेरा।
बादल की गोरी बाँहों में सो गया चाँद है मेरा।

मछलियाँ तड़पतीं किरनों की
रेतीली पीर कछारों में।
गीतों की नावें डूब रहीं
अधरों की ही मँझधारों में।
हरियाली की ढल गई उमर
कुबड़े पर्वत ने व्यंग्य किया।
यह वही जगह है जहाँ अश्रु बो गया चाँद है मेरा।
बादल की गोरी बाहों में सो गया चाँद है मेरा।

सूनेपन की चादर ढँक कर
भयभीत धरा जब सोती है।
तब याद किसी की धड़कन में
पीड़ा के फूल पिरोती है।

मेरे मन को जब राहों में
दो नैनों ने ही छेंक लिया।
मैं बिलम गया, तो कई बार रो गया चाँद है मेरा।
बादल की गोरी बाँहों में सो गया चाँद है मेरा।।

अधर हँसे, किंतु बहुत नपे तुले

अधर हँसे, किंतु बहुत नपे-तुले
साँस चली किंतु बहुत दबे पाँव
सपनों पर पलकों की घनी छाँव
उमस भरी धड़कन में बंद शोर
पीड़ा का पता नहीं ओर-छोर
जिज्ञासा-सा जागृत बिना हिले डुले।
अधर हँसे, किंतु बहुत नपे-तुले।।
दीपक पथ जोह रहे आँख फाड़
किंतु नहीं खुलता तम का किवाड़
एकाकी अपना मुँह पोंछ रही
प्राणों की वेदना अँगोछ रही
और नयन आँसू में मिले-घुले।
अधर हँसे, किंतु बहुत नपे-तुले।।

खुल गए घाव के टाँके

खुल गए घाव के टाँके
याद किसी के आये बादलपँखी नयना बाँके।
बहुत दिनों के बाद
दर्द का खोया छोर मिला
जला निरंतर दीप
कहीं तब उसको भोर मिला
करुणा के आरक्त क्षितिज से किरण पीर की झाँके।
खुल गए घाव के टाँके।।
सुलग रहे हैं गाल दिवस के
धूप पक गयी है
वृक्षों की मर गयी छाँह
चेतना थक गयी है
सुधियों की धेनुएँ बनातीं बादल धूल-धुआँ के।
खुल गए घाव के टाँके।।

www.ingramcontent.com/pod-product-compliance
Lightning Source LLC
LaVergne TN
LVHW101235071026
849558LV00068B/443/J
9789358693607